返魂

笭菁 著

目錄

CONTENTS

禁忌・返魂

本故事純屬虛構・內容概與現實無關

楔子

「哈囉？有人在嗎？」

兩個女孩騎著摩托車，停在產業道路旁的廢屋前，有些遲疑的往裡頭看。

「地址是不是有錯啊？」坐在後頭的小毛心生不安，「這裡也未免太荒涼了，好像不太對勁！」

「有人面交約這種地方的嗎？」艾婷也直打哆嗦，準備發動機車。「我們還是先走好了！」

艾婷才將機車掉頭，一旁看似廢屋的屋子忽然亮了燈，接著門倏地開啟。門口走出一個穿著白色洋裝的女孩，年約十六、七歲，她的肌膚雪白長髮烏黑，笑容甜美的望著她們。

「對不起！我剛在洗澡！」女孩趕緊走出來，「現在才看見手機！」

一見對方是差不多同齡的女孩，機車上的兩個人放了心。

「這妳家啊，我覺得好可怕！」

「不會啦，最近附近路燈壞了，修好後就不會那麼陰森了。」白衣女孩淺淺笑著，「妳們把機車停在路邊就好了，進來看東西吧！」

「噢……好！」小毛聞言，奔下了車。

她們在網路上買了一台好便宜的美腿按摩師，名模代言，外頭隨便要價都一萬多，這個賣家二手貨只賣三千元耶！

「等一下妳們先確定機器還能用，我再請我爸幫妳們搬出來好了，那東西超重的！」白衣女孩聲音很細柔，敞開大門請她們進屋。

兩個女孩子知道要面交，所以結伴同行，她們將機車停好後，就跟著賣家進了那看似廢屋的屋裡。

進去之後，她們才發現這間屋子不只外面看起來像廢屋，裡面根本就是廢屋！

屋子裡滿佈蜘蛛絲與灰塵，地上畫了一個很像漫畫裡魔法陣的圖案，周圍點滿了蠟燭！更駭人的是魔法陣周圍，固定一段距離就擺了……一個女人的上半身胴體，另一塊是下半身，都沒有四肢，四肢又分別擺在另兩個地方！

「這裡是什麼……」女孩們大驚失色，身後的門卻「砰」的一聲關上了。

她們倉皇失措的回身，門邊站了一個人高馬大的中年男子。

「爸爸。」白衣女孩回首看向門邊的男子，「這裡我來就可以了，請你去把摩托車處理掉。」

「如雪，妳一個人可以嗎？」李爸爸很是擔憂。

「放心好了。」李如雪肯定的點了點頭。

「你們在說什麼？報警！我們要叫警察喔！」小毛趕緊拿出手機，慌亂的要撥打。

誰知那個叫李如雪的女孩簡直像用飛的一樣，冷不防的就衝到了她面前。

小毛雙眼瞠大，身子微微一個震顫，甚至來不及倒抽一口氣，一把尖銳的水果刀直直插進了她的心口裡，刀尖幾乎沒入肌膚裡層。

「哇呀——啊——」艾婷驚恐的尖叫著，直直衝向門口，卻發現那扇門根本打不開！

李如雪扣緊小毛的手臂，開始移動刀子，她就著胸口上方切下一刀，她要一個完整心臟，可不能受損吶！

「救命！救命——」艾婷拚命拍打門板，不時回頭看向李如雪，看著她挖出她同學活生生的心臟！

然後，她也在搖曳的燭光下，看見了那個白色洋裝女孩的背後……是、是……腐爛的肌膚！

伴隨著淒厲的慘叫，李如雪挑斷了大動脈，捧出了還在跳動的心臟，置放到法陣的正中央；艾婷恐懼的貼在角落，她顫抖著拿出手機，撥著 110。

李如雪僅瞥了她一眼，那手機便自動飛向牆壁，四分五裂。

「別急，等會兒就輪到妳了。」她輕柔的說著。

門再度開啟，李爸爸走了進來，他已把摩托車藏匿妥當，不會有人知道這裡曾有兩個女孩來過。

艾婷趁機想衝出去，卻被一拳打暈過去。

「爸爸，開始吧。」李如雪說著，俐落的脫下一身洋裝。

她正面全身赤裸白皙，身段婀娜，只可惜當她轉過身去時，背後是腐爛長蛆的肉，青汁肉液橫流；因為這是一個死人的身軀，她必須完整復活，才能擁有如人一般的生命。

她坐在法陣的正中央，握著手上的水果刀，硬生生的朝著自己胸口剖開，裡頭是顆黑色乾癟的心臟，她把那惡臭的器官扔出來，再將剛剛那顆心臟擺進去。

「爸爸。」她堅定的望著李家華，他雙手捧著一個木盒，放在法陣圓周上，一個特地設置的圓圈裡。

打開木盒，盒子裡有著幾綹髮絲，以及一把沾了血的鐮刀。

李家華將頭髮跟鐮刀放了進去，然後對著李如雪泛出慈愛的笑容。

她也回以甜美的笑意，盤坐在法陣中央，李家華拿出女兒交給她的咒語，開始逐字唸著，只要這個儀式結束，他最疼愛的寶貝女兒就會全然復活！

轟然一陣雷自晴朗夜空中劈下，就劈在這廢屋的上空。

在數公里外的一座小廟裡，有人倏地跳開雙眼，驚坐起身！

「聽見了嗎？」男子喃喃唸著，身邊的愛妻卻睡得正甜。

他下了床，匆匆往廟堂走去，腳步聲紛沓，因為驚醒的不只有他。

在大廟廳堂前聚集了整個宮廟裡的人，個個神色凝重，拉開那厚實大門，往遠處的夜空望去。

銀白色的閃電一道又一道的劈在同一個地方，天氣清朗、無雲無霧。

「糟糕。」幾個駝著背的阿婆皺緊眉頭，「害呀害呀！」（糟了糟了！）

俊朗的男子遙望著天空，烏雲忽地出現，以飛快的速度密集，數分鐘後，台南下起滂沱大雨。

「聯絡所有在外地的人。」他沉穩的開口，「我哥、我嫂子，還有宮主。」

「唉唉！有人違逆天道，施以返魂之術，天不可容，致使萬里無雲、晴天卻有雷劈！」古婆婆連哀了幾聲，緩步的往裡走。

所有人撤進了廟裡，當男子關上門後，回身瞧見了不知何時也轉醒的兒子，他穿著睡衣，雙眼卻晶亮的在黑暗中等他。

「怎麼了？」

他擠出微笑，搖了搖頭。「沒事，去睡吧，明天還要上學。」

返魂

高中生狐疑的望著自己的父親，他再笨也知道天有異狀。
難道，報應來了嗎？

第一章　異狀誕生

時近年底，寒流總算出現，否則一點兒都沒有冬天的味道；王羽凡翻出可愛的圍巾，套在頸子上，希望自己看起來能可愛些。

「羽凡——」樓下的媽媽扯開了嗓子，「孟萱來接妳嘍！」

「喔！好啦！」王羽凡趕緊套上外套，抓起書包，匆匆忙忙的往樓下衝。「慢點慢點！樓梯又跟妳沒仇！」媽媽站在樓梯口，「妳不是很早起來了嗎？怎麼拖那麼久？」

「我在找圍巾嘛！」王羽凡直抵一樓，抄過媽媽已準備好的提袋。「我要去上學了！」

「早餐記得吃啊！」王媽媽搖了搖頭，這女兒永遠都淑女不了。

幼時羽凡身體不好，才找項運動讓她練練身子，剛好有個師父提議讓她學學柔道，一來強身健體、二來還可以防身，所以他們就送孩子去練柔道了。

怎知這一練可不得了，他家羽凡別說防身了，都可以當人間兵器了！客廳裡獎盃一座接著一座，在高中柔道界中，沒有人不知道第一名的王羽凡——還有她的粗暴。

不過幸好這孩子正義感強，沒有變壞！而且最要好的朋友都很穩重，國中同班的班代，還有萬應宮的孩子。

王媽媽噙著淺笑，羽凡特地挑了紅格子的圍巾，今天放學後鐵定跟阿呆他們有約！也到了情竇初開的年紀嗎？呵呵呵。

「妳好慢喔！」衝出門外時，林孟萱站在腳踏車邊噘高了嘴。「要是遲到怎麼辦！」

「不會啦！我們騎快一點就好了。」王羽凡吐了吐舌，「真歹勢！」

「妳是風紀耶，平常不是都很早嗎？」林孟萱狐疑的打量了她一圈，「厚，今天戴那麼可愛的圍巾幹嘛！」

「咦咦！很可愛嗎？」王羽凡喜出望外的指了指頸間，「真的不錯厚！嘿嘿……」

她逕自的笑了起來，雙頰紅撲撲的，跟阿呆他們約好放學後要去大賣場逛，他們已經一個多月沒有見面了。

沒見面的原因是卡在她身上。

一個多月前，班上六個同學跑去試膽，挑戰台南縣的七大傳說，結果卻引發了可怕的大事！他們把懷怨多年的金錢蠱放出，導致樹木枯死、魚塭的魚兒全數翻肚、連附近的雞鴨牛都被毒死。

而她也因為好事，被捲進那個事件中。最後靠著阿呆跟萬應宮好不容易把金錢蠱重新鎮壓，但是卻犧牲了好多好多人。

因為要重新鎮壓邪氣沖天的金錢蠱，必須施以「鮮血八卦陣」，每一個試膽的同學，

——成為神聖的鬼靈，用靈魂禁錮那個可怕的邪蠱。

可是，被捲入這個事件的有八個人；冒險試膽的同學有六個，加上好事的她及好奇的李如雪，而七大傳說代表七個鬼靈，需要七個靈魂去鎮守……她偏偏是第八個。

照理說，在一連串的過程中，她極有可能喪失生命而成為鬼靈，但是在阿呆跟班代的刻意保護下，她活了下來。

只剩她一個人。

而且他們兩個一開始就知道，同學們勢必身亡，在這樣的前提下，他們選擇刻意保護她，讓她得以存活！

但是她不能接受！為什麼大家非死不可？而且阿呆他們早就知道同學必死無疑，還是讓他們繼續去試膽，因為他們必須死！

如果是她，她會找一個方法，讓同學都能安然無恙、還可以鎮壓住金錢蠱，萬應宮法力如此高強，為什麼會做不到？

為什麼沒有一條，每個人都能幸福的路呢？

倖存的她完全開心不起來，她沮喪了好些日子，上學時會看見班上空出來的七個位子，哀淒的氣氛瀰漫了全班，部分「失蹤」的同學依然在搜尋中，只有她知道，他們都不會再出現了。

因此她有好一陣子沒跟阿呆他們聯繫，手機中的簡訊匣空空如也，他們也沒有主動來訊，因為明白她心裡的不快！她不知道該怎麼解釋這種情緒，她不該怪罪阿呆跟班代，但是卻免不了心生怨懟！

他們沒有錯，因為他們跟她是好友，當然選擇保護她！阿呆更沒有錯，因為自古以來，鎮壓邪蠱就是用人命去換，所以他對於同學為此犧牲並不以為意——更別說，放出邪蠱、觸犯禁忌的正是同學們。

道理分明，但是她就是無法釋懷。

昨晚收到阿呆傳的簡訊，「班代生日要到了，找時間出來挑禮物」；字裡行間沒有提到任何試膽事件，也不多說關心的問候，彷彿他們跟平常一樣自然。

她任性也該差不多了，不能再這樣冷戰下去。

「厚～要去約會厚？」林孟萱賊賊的笑了起來，「妳的夢中情人？」

「沒有啦！」王羽凡隨口應著，雙頰卻紅了起來。

幾個跟王羽凡要好的同學都知道，個性堅強又負責的風紀呢，有個喜歡很久的夢中情人，但總是不聞其名也不見其人，反正當柔道冠軍提起那個男生，就會臉泛花痴樣！

身旁傳來急煞聲，然後林孟萱肩上一個重擊，嚇得她驚叫出聲。

「早、早安！」短髮的女孩氣喘吁吁，「妳們怎麼這麼悠閒啊！快遲到了！」

「陳莉文！妳要嚇死人啊！」林孟萱氣急敗壞的喊著。

「我要快點走了啦！我是值日生耶！」陳莉文隨口應著，加快腳步騎著腳踏車而去。

「值日生？」王羽凡一怔，旋即大吼。「妳動作快一點啊，陳莉文！值日生還慢吞吞的！」

餘音未落，王羽凡立即踩動腳踏車，急起直追，害得林孟萱也趕緊加快了速度。

腳踏車隊在路上奔馳著，因為鄉下地方各項設施距離都很遠，學校幾乎集中在市區，偏遠地方的孩子還不能騎機車上學，腳踏車就是最佳的代步工具！

騎到學校，停放好腳踏車後，王羽凡蹲下來上鎖。

「風紀！」軋的煞車聲在身後響起，「妳不必上鎖了，全校都知道那是王羽凡的腳踏車。」

「嗯？」王羽凡聽了丈二金剛摸不著頭腦，只顧著把大鎖鎖上。

王羽凡的腳踏車沒有任何特別的標誌，更不是什麼高級的越野腳踏車，顏色更不搶眼，只是她的後座那兒，貼了一個柔道社的貼紙。

「誰敢偷妳腳踏車，會被大卸八塊吧？」雙載的男生咯咯笑了起來。

王羽凡努了努嘴，懶得理那些愛亂鬧的同學。

「對了！風紀，妳體力怎麼那麼好啊？」後座的男生叫阿凱，耍帥的跳下腳踏車。「半夜還在外面亂溜達！」

咦？王羽凡這下可愣了，她揹好書包，拎過便當袋，一臉不解的望著阿凱。

「誰半夜在外面溜達？」

「妳啊！」前頭的大隻把腳踏車架好，「妳還用走的耶，走到離妳家超遠的地方！」

「……」王羽凡眉頭都皺起來了，「你們兩個在說什麼？我怎麼都聽不懂？」

阿凱跟大隻兩人面面相覷，風紀是裝傻還是真的不知道啊？

「昨天晚上一點，我們騎車回家時，看見妳一個人走在路上！就那條產業道路上，還穿著運動服，好像在散步！」

「對啊，我們大聲喊妳都沒聽到，就往一條小路轉進去了！」大隻接口，扣上大鎖站了起來。

她昨天半夜一點，已經睡了啊！

王羽凡疑惑的望向林孟萱，那條產業道路離她家的確有段距離，騎腳踏車都要十分鐘以上，她怎麼可能去那裡散步？更別說是半夜一點耶！

「你們確定是風紀？」林孟萱看出王羽凡一臉困惑，趕緊追問。

「怎麼會認錯啦！同學三年了耶！」阿凱才覺得莫名其妙，「風紀，妳不記得嗎？」

「我在家裡睡覺耶，怎麼可能會出去！而且去那邊我用走路的幹嘛？」王羽凡有點心浮氣躁，她怎麼會不知道自己做了什麼？

大隻也覺得奇怪，他們才不會認錯人咧，那明明是風紀！她穿著體育服走在山裡，走得超穩的，而且、而且……好像還在講話咧！

「風紀，妳該不會……是夢遊吧？」林孟萱眨了眨眼，大膽的提出意見。

「夢遊？」王羽凡拔高了音調，「我會夢遊？」

「我怎麼知道？我是推測啦！因為這兩個人都看見妳啊！」林孟萱聳了聳肩。

夢遊？王羽凡覺得有點不可思議，這麼久以來，她根本沒有夢遊過吧？

「好了！先進教室吧！」她出聲催促，晾在這裡回憶也得不到答案。

只是她昨晚好像做了一個夢，夢境有點可怕，但是她卻怎麼樣也想不起來了。

很怪……她心裡有股不安的感覺繚繞，總覺得在不知道的地方，好像有什麼事正在醞釀，準備發生了！

她甩甩頭，應該找時間團練，省得自己胡思亂想。

離早自習時間還有半小時，高三生的王羽凡選擇以考試進入大學，而不是體育保送的方式，阿呆告訴她只要認真唸書一定能考上，她又不笨，考試成績不理想，純粹是因為花太多時間在練習柔道。

她沒有想要出國比賽的野心，練柔道只是興趣跟強身而已，而且因為校際比賽犧牲了許多學習的機會，高三最後一年，她不想再浪費在練習上。

「呀——」

才剛上樓，樓上就一群鼓譟，尖叫聲四起，王羽凡踏上走廊，發現亂象的來源又是他們班。

她穿過人群，擠到了班門口。「怎麼了！」

「風紀！莉文受傷了啦！」同學一見到王羽凡，立刻湧上來。「她剛擦玻璃的時候，有人在教室裡傳球，玻璃被敲破她就受傷了！」

「好可怕！她在流血耶！」同學直指教室裡，「風紀！快點～要怎麼辦！」

王羽凡二話不說，立刻往教室裡衝，果然看見同學團團圍住陳莉文，卻沒有人有實際動作。

撥開人群，陳莉文的手臂鮮血如注，一旁全是玻璃碎片。

「風紀！是不是要叫救護車？」

「還是先送她去保健室！」

「閃開啦！」王羽凡把人推開，從書包裡抽過毛巾，將陳莉文的傷手緊緊包住，然後吆喝粗壯的男生抱她起來！

阿凱剛好跟在王羽凡身後，一馬當先的上前打橫抱起陳莉文，傷者哭得泣不成聲，她全身上下都沾了自己的血，好痛好怕噢！

「我們先去保健室！」王羽凡大聲喊著，「班長，你管秩序喔！」

已經被血嚇得四肢無法動彈的班長只有點點頭，無怪乎班上出事都只找風紀，沒人往班長那兒尋去。

阿凱抱著陳莉文直直衝向保健室，一路上引起了不少騷動，衝進保健室時，老師一瞬間花容失色！

「怎麼受傷的！」老師急忙騰出一張空床，「先把她放過來！」

阿凱聞言，立即把陳莉文緩緩放下，鮮血染紅了王羽凡的白毛巾，令人看得心驚膽戰。

「她被玻璃割傷了，不知道有沒有傷到動脈！」王羽凡簡短的解釋。

「我看看……」老師將毛巾小心的打開，有一大片玻璃劃開了陳莉文的手臂，老師只要壓住皮膚，就會綻開一道深溝，血從裡頭拚命湧出。

還有一些碎玻璃卡在傷口裡，老師拿過鑷子，細心的先把小塊的碎片夾起。

阿凱擰起眉，全身微微發抖，最後因為反胃往外頭衝了出去。

「身經百戰」的王羽凡自然不怕血，她面對過腐屍、厲鬼，區區傷口怎麼嚇得著她。

只是，她從來沒有這種著迷的感覺。

看著如紅寶石般的血液，她突然覺得……好美。那血液是溫暖的，空中散發著一種香氣，好像那血是剛出爐的甜品，有著香濃柔軟的甜味，讓她有些恍惚。

應該很好吃吧？王羽凡嚥了口口水，她知道，一定會很好吃……

「王羽凡，幫老師拿旁邊推車的棉花過來！」老師心急的交代著，隨手往後一比。

陳莉文啜泣不已，她覺得應該要到醫院去一趟才對！

瞥見一旁的影子，她微微抬首，卻瞪大眼睛發傻的看著老師的身後。「老……老師？」

黑影籠罩，保健室老師狐疑的蹙眉，猛然回首，兩把鑷子冷不防的戳進了她的眼球裡，在她尖叫之前，利刃劃開了她的咽喉。

「哇呀——」陳莉文放聲尖叫，嚇得縮在病床上，顫抖著望向高大的身影。「李、李爸爸？」

李家華溫和的笑著，將保健室老師往床下踹，擦了擦頸動脈噴灑在他臉上的鮮血；而應該要有所動作的王羽凡，卻只是呆然站著，雙眼瞪大卻無神智，像尊雕像般動也不動。

「風紀！風紀——」陳莉文大聲哭喊，但王羽凡依然不為所動。「阿凱——阿凱！」

阿凱沒有衝進來，表示他人或許不在外頭。

保健室位於行政大樓走廊的末端，隔壁是導師辦公室，但現在已是早自習時間，幾乎沒有人在。

「你想要幹什麼？」陳莉文往牆壁躲去，滑下這張床，往另一張退縮。「李爸爸，那個、那個如雪是自殺的喔！你不要、不要亂牽拖。」

「妳在說什麼？我的如雪還好好的呢。」李家華泛出迷濛的笑意，而他身後的門跟著開啟。

穿著學生制服的女學生走入，乖巧的關上門，緩步走了過來。

她有著陳莉文尚未忘卻的容貌，黑色的長髮，白淨的皮膚，恬靜美好的女孩，是班上、整個年級中最漂亮的女孩，李如雪。

但是，她也沒忘記，李如雪在兩個月前，從日聖樓上往下一躍，跳樓自殺了！

聽說，李如雪四肢骨頭全數碎裂、頭骨爆開，早就已經死了，告別式她也有去，現在怎麼可能活生生的站在她面前！

而且還比以前漂亮！

「妳、妳已經死了！」陳莉文嚇得直打哆嗦。

「呵，真沒禮貌，我不是活得好好的嗎？莉文？」李如雪聲音也很甜美，微微笑著。

「竟然找了同班同學，實在不太好！」

李如雪幽幽說著，纖手搭上王羽凡的肩頭。「妳先出去吧，到操場去跑個五圈，再到柔道練習場去。」

像傀儡似的，王羽凡連點頭都沒有，茫然的轉身，就這麼走出了保健室。

「風紀！風紀——」陳莉文扯開嗓子喊著，王羽凡根本沒聽見。

李如雪愉悅的往前兩步，踏到血窪，皺起眉瞪著床下的屍體。

「爸！你幹嘛亂殺人？這個留下來說不定有用處啊！」她咕噥著。

「爸是怕她年紀太大，不合妳的胃口！」李家華溫柔的說著，像哄孩子似的。

「我可以拿來洗澡啊！」李如雪嘛起嘴，「算了，死了就沒用了，還是活著的比較可口。」

可口？陳莉文嚇得臉色發青，是在指她嗎？

不不！這太奇怪了！李如雪明明已經死了！這個人不該是李如雪！

「很驚訝喔？死人為什麼能復活呢？」李如雪咯咯笑了起來，「莉文，我今天就來教妳，死人不但能復活，還能夠活得好好的呢！」

她自書包裡拿出一把長長的水果刀，刀尖閃閃發光。

「只是，她終究死過一次，不能夠像活人這麼自在。」李如雪瞬間跳過了第一張床，很快的來到陳莉文面前。

陳莉文尖叫出聲，嚇得往後一彈，撞上了牆壁。

「不過，幸好只要吃飯就會相安無事。」李如雪揚起滿滿的笑容，「同學一場，就幫我個忙吧！」

「幫……幫什麼？」陳莉文一句話都說不全，淚流滿面。

「給我妳的心吧。」

什麼？陳莉文瞪大了眼睛，意識到身後是窗戶，倏地轉過身就要拉開窗戶，向後頭的人求救！

但是李如雪更快，她快到簡直不像是人類會有的速度。

刀尖俐落的劃開陳莉文的胸膛，力道不重不輕，剛好剖開肌肉及皮膚，卻又不傷及心臟的恰到好處。

「呀——」

鮮血頓時噴湧而出，與陳莉文手臂上的傷口比起來，真是小巫見大巫。

「爸，你可以先走了。」李如雪回首，不忘交代。「外套穿上，別讓人看見你這個樣子。」

「乖女兒，那爸爸先回去了。」李家華點了點頭，從容的走了出去。

李如雪轉回頭，凝視著摀著胸口，試圖阻止鮮血噴湧的陳莉文，她臉色已然慘白，全身不住的發顫，虛弱的滑下了地。

李如雪跪了下來，將虛弱的陳莉文拉到身下，粗暴的甩開她的手，纖指伸進了她劃開的那口子裡。

啪嚓一聲，她硬生生的撕開陳莉文的胸膛，還有一口氣的陳莉文倒抽一口氣，卻無法哀鳴。

鮮紅的心臟在跳動，李如雪揚起滿足的笑容，俯頸而下，張開大嘴，將自己埋進那胸口的窟窿裡，活生生的咬下那生鮮活跳的心臟。

還在跳動的最為美味，生命力也越強。

「啊——」陳莉文的叫聲哽在喉間，瞠目結舌的雙眼漸黯，再也無法動彈。

而趴在她身上的少女依然在大啖美食，她需要心臟維持她的生命、形體，還有好不容易擁有的力量。

幾十年前她被人活埋進土裡，遭受到萬蟲啃咬，那種生不如死的痛楚與無盡的怨恨，從來沒有因歲月的遞增而稍減！她好不容易修煉成蠱，卻一而再再而三的被該死的萬應宮阻撓！

他們不但封住了她，還重創了她，害得她被禁錮在那片竹林裡，因此元氣大傷！

她等待、她蟄伏，終於等到幾個不要命的小子們破除了封印，放她出來！雖然最後萬應宮再次以鮮血八卦戰封住了竹林，但是他們不知道，她學聰明了！

在一開始接觸到試膽的小子們時，她就已經將主靈體附在這名少女身上，跟著離開了那片封印之地！萬應宮不曉得，經過長年累月的修煉、加上她益深的怨恨，她早就能夠脫離她的墓地了！

即使，這位少女後來跳樓自殺，她的怨靈還是緊抓著這爛掉的軀殼不放，少女的靈魂已經離開，她卻安然躲藏。

再感謝這位愛女成痴的父親，他為了女兒，什麼都肯做——包括返魂之術。她回來了！她借屍還魂，重新回到人世間了！

這一次她要所有傷害她的人償命，這整個鎮、整個縣市，只要生存在這片土地上的生物，她全部都要吞噬殆盡！

當然，在這之前，她勢必要先吃掉萬應宮。

那裡的每個人……呵呵，都能增加好幾百年的修行吶！

李如雪抬首，咂了咂舌，眼下的屍體胸前只剩一個空洞的窟窿，心臟被她吃了個精光。

這同學的心臟真是美味，足夠讓她撐上半個月。

雖然她活過來了，但要維持李如雪的身體，就必須生食人心，否則她又會開始腐爛；經過幾次經驗，她發現剛死的心臟可以支撐較久，而如果不把心臟挖出，活生生的在身軀裡啃咬，應該可以更有效。

陳莉文是第一個，凡事總要試試才知道。

而且只要她吃到一定的數目……哼哼……就可以得到更加龐大的力量。

李如雪從容的到洗手台邊洗了把臉，將紅血自白皙粉嫩的臉龐上沖洗乾淨，宛若無事一般，往校外走去。

校警疑惑的望著逕自出校的女學生，一時有些眼花，那女孩怎麼……貌似之前那謙恭有禮，總是跟他打招呼的李如雪呢？

校警回神，趕緊追了出去，卻只捕捉到她上車的背影；綠色的房車很快的離去，而校園內傳來驚恐的尖叫聲，來自前排行政大樓，角落的保健室外頭。

阿凱跌坐在地，手上的飲料散落一地，他癱坐在地上，嚇得失禁，裡頭的保健室老師神情哀淒的看向他的方向……如果她還有眼睛的話。

而在後棟的操場上，王羽凡正跑完第五圈，茫然的往柔道練習室去。

第二章　故人現身

藍紅閃爍的警車燈飾在學校門口聚集，記者們早就團團圍在校園門口，若不是學校嚴格把守，不讓任何媒體進入，多的是記者想拍下血流成河的畫面，搶著做獨家。

保健室外拉起重重封鎖線，法醫及堪驗人員在內外忙進忙出，慘死的保健室老師及學生，雙雙橫屍於地上，老師雙眼都被鑷子插入，喉口被一刀割斷，學生則是被挖心而亡。

沒有人目睹慘案過程，只有見到屍首。

阿凱被嚇得陷入混亂，全身發抖，醫護人員還給他一條毛毯裹著，才在導師陪同下，接受警方的問話。

「我、我我不知道……我起先是看到陳莉文的手一直流血覺得噁心，我就去外面吐了……然後我、我回教室去，想說有風紀在就、就沒關係。」阿凱雙眼直瞪著地板，「然後、然後我又覺得這樣不好，所以又跑回來，就、就看見……」

「喝口茶，別急。」警方溫和的說著，要阿凱先喝口手中的熱茶。「風紀是哪一個？」

「呃，是王羽凡。」導師慎重的說著，「同學說是她陪著陳莉文一起來的，可是卻沒有看見她。」

警方凝重的鎖眉，開始交頭接耳，這案子相當兇殘，說不定另一個女學生是被帶走了。

「挖心……」一個白髮的警官，望著擔架上即將被抬出的屍體。「嘖嘖，真離奇！」

「方老，還有一個女學生下落不明，要不要發搜索令啊？」

「還有一個人？」方老一怔，瞧這種死法，再多一個人下場也好不到哪裡去！「糟了，她可能也……」

「不會的！風紀是柔道冠軍耶！」阿凱連忙搖頭，「壞人要抓住她，一定會先被她過肩摔的！」

「噢！」方老只是笑笑。傻孩子，再厲害也是女孩，只要出其不意，一樣能一招擊暈高中女生的。

鑑識人員將兩具屍體抬了出去，外牆上有好幾名記者用疊羅漢的方式，無論如何就是想拍到第一手畫面，只可惜都被重重綠樹阻撓。

走廊另一端忽然傳來疾走的腳步聲，接著是奔跑聲。

「怎麼了——發生了什麼事？」女孩子的聲音急衝而至，幾名員警及時攔住她！

阿凱回首，立刻驚站而起。

「風紀！」他蒼白的臉色好不容易浮現一絲紅潤，「風紀沒事！風紀她沒事！」

咦？警方視線立即移向被擋下的女孩，她一臉緊張又帶著疑惑的望向這票警力，白色的制服上沾有些許鮮血。

「讓她過來。」方老招了招手，讓王羽凡往前來。

「阿凱！這裡……」王羽凡衝到保健室門口，只看見一地的鮮血灘。「發生什麼事了！為什麼這麼多血？莉文呢？」

阿凱望著她，好半晌說不出話來，只是搖了搖頭，聲淚俱下。

王羽凡不禁倒抽一口氣，絞著的雙手也開始微顫。

「妳就是風紀是吧？」方老溫和的對著她笑笑，「妳剛跑去哪兒了？」

「我──」王羽凡眨了眨眼，「我在柔道社團。」

「噢，去練習是吧？」方老狐疑的瞇起眼，「妳帶同學來這裡，怎麼突然跑去練柔道呢？」

她不知道。

冷汗滑下她的鬢角，她什麼都不記得了！

她剛剛忽然驚醒，卻發現自己隻身一人站在黑暗的柔道練習室裡，沒有開燈、沒有其他人在，她就獨自駐立在黑暗當中。

她連什麼時候走進柔道教室都沒有印象！

「我不記得了！」王羽凡決定實話實說，「我前一刻還在保健室的那裡，看著老師幫陳莉文處理傷口，下一秒就發現自己站在柔道教室裡了。」

警方每一個都抱著懷疑的眼神盯著王羽凡瞧，她卻盡可能的抬頭挺胸，反正她沒做虧心事，她雖搞不清楚究竟狀況為何，但她說的字字屬實。

「是嗎？」方老點著頭，「來來，妳說妳之前站在哪裡？」

他帶著王羽凡往保健室裡走，過了封鎖線。

「這裡。」她確定的指著第一張床的床邊，血窪裡頭。「我站在這裡，老師在幫陳莉文挑玻璃碎片，然後她叫我幫她拿東西，我才在找……就發現我站在柔道練習室裡了。」

「……好好。」方老並不是相信王羽凡的說法，他只是蹲下身子，專心看著那灘血窪。這個學生說她站在這裡，但是血卻已經淹過了她站著的地方，那表示在老師身亡之前，這個學生就已經離開了這個位子。

方老再度站起，注意到王羽凡身上的血跡，她的制服上有著大小不同的噴灑血跡，有沾上的、也有高速濺灑的。

「我需要妳的制服。」方老和顏悅色的請王羽凡幫忙，「要麻煩妳脫下來，因為上面可能有物證。」

「好的！」王羽凡立即點頭，「不過……我可以去換掉嗎？我換穿體育服後再拿衣服給您？」

「當然可以！」方老招招手，請了位女警過來。「這位女警會陪妳去，放心好了！」

「嗯！」王羽凡點了點頭，望著地上那轉為褐色的血灘，不由得感到難受。「我可以問嗎？老師她們出事了嗎？」

「老師被割喉，至於妳同學……她的心臟被挖走了。」方老也不遮掩，直接說出死因。

挖心！王羽凡瞪圓雙眼，她也算經歷過不少事了，單純挖心這個動作，很難不讓她聯想到「祭品」這兩個字！

她瞬間發白的神色方老盡收眼底，但他還是維持一貫的笑容，請女警陪著王羽凡去更衣。

走出保健室時，外頭的校警正在跟警方爭辯。

「我就來不及啊！我看見那個女學生就傻了，所以才慢一點點出去，什麼叫我故意放走她！你講話注意一點！」

「任意讓學生進出，你本來就有失職守！」年輕員警倒是不客氣，「說不定是你放走了嫌犯！」

「小子你這話什麼意思——」校警伯伯年紀大，但氣勢可不輸人，掄起拳頭眼看著就要幹架！

「好了！好了！別吵了！」訓導主任無奈的勸架，「有話好好說！王伯，你到底看到誰出去了？」

「哎喲喂呀，是要我說幾百遍？」王伯伯氣急敗壞的說著，「一開始就是那個李先生，我也不知道他什麼時候進來的，但是他要走我不可能攔他嘛！後面又出去一個女學生，我不認識啊，年紀大眼花了，怎麼看她都很像之前跳樓那個李如雪嘛！就是這樣我才一時傻了沒追出去，等到追出去時，她已經上車啦！」

「李如雪？」王羽凡忍不住叫出聲，直走向校警。「王伯，你老花眼了嗎？怎麼會是李如雪！」

大家都知道，她已經死了啦！

「我才說我眼花嘛！因為前面是李先生，後頭就是她，我才會搞不清楚！」王伯伯也說不上來，但那一時半刻真的是呆到動彈不得！

「李爸爸今天有來？」王羽凡看向訓導主任，她以為事情該落幕了！

當初她發現同學試膽時，尾隨去看，李如雪因為家教嚴格，所以禁不起好奇心的驅使硬跟著她去，因此被捲進了詛咒當中；她在育有邪蠱的竹林中時就被嚇得魂不附體，回家後精神不濟，一度在日記裡怪罪是王羽凡帶她去那可怕的地方。

世界上總是有這種人，將自己的懦弱推到別人身上，明明是她硬跟著王羽凡走，最後卻變成是王羽凡害她看見可怕的邪靈。

爾後李如雪跳樓自殺，完成試膽詛咒的第二循環，可愛女如命的李家華便陷入仇恨與瘋狂中！只與這美麗女兒相依為命的他，這輩子就她一個寶貝，卻莫名其妙的被同學帶著晚歸，導致精神不正常，最後跳樓自殺，為了減輕自己的痛苦，他把所有錯誤也都推到王羽凡身上。

他到學校鬧過不只一次，第一次來時還二話不說就揮了王羽凡一巴掌，最後卻慘遭過肩摔；接著動不動就到學校來指稱王羽凡是殺人兇手，非得要她償命不可。

甚至李如雪的公祭，王羽凡前去弔唁，李家華還操著鐮刀而出，扯住她的頭髮，意圖殺害王羽凡；就在王家決意要申請禁制令之際，李家華突然銷聲匿跡，再也沒來找麻煩，連工作都辭去，一切趨於安寧。

可是今天，李爸爸莫名其妙又出現了？

「我不清楚，他來找誰嗎？」訓導主任看向教務主任，教務主任聳肩後，目光落在校長身上。

校長一臉誠惶誠恐，大家現在看到李家華就退避三舍，能不見就不見，就算他要求要進來，通常也一律都稱不在啊！

「那位家長進來時有紀錄嗎？」方老出了聲。

「咦！好像沒有，我看看……」王伯翻著手上的訪客紀錄，「沒有沒有！我這兒沒他進來的紀錄！」

「可是學校還有另一個門，李爸爸要是從那裡跟同學一起進來，就沒人知道了。」王羽凡自己就是從那個門進來的。

「把那個李爸爸找出來。」方老淡淡落了這麼一句，「王同學，妳先去換衣服吧！」

「噢，好！」王羽凡擠出一絲笑容，點了點頭，在女警的陪伴下，一同回到教室去拿體育服。

一路上，她想著都不是什麼衣服、什麼命案。

王伯說，他看見李如雪了！李如雪生前跟王伯非常要好，不管上學放學都會跟王伯打招呼不說，有時候還會帶小點心給王伯吃，王伯根本最疼她了，怎麼可能會認錯？

而且李爸爸來得也非常突然，他先行，李如雪在後，然後載著她走……

糟糕，為什麼她越想越不對勁！

有女警跟著回來，班上氣氛一陣肅穆，王羽凡拿過體育服的衣袋，先讓女警檢查後，再到女廁更換；直到她落了鎖，將袋子掛上釣勾，拿出體育服時，她腦袋瞬間一片空白！

她慌亂的將衣服翻開來察看、再把褲管捲起端詳，為什麼她明明洗乾淨的體育服上，全是泥巴！

王羽凡不可思議的望著體育服，忽然想起阿凱稍早說的，他們看見她在半夜一點，走進了山區小路！

她倒抽了一口氣，更加仔細檢查附著在衣服上的東西，有葉子、有小草、甚至微濕，像是沾上了露珠未乾就摺起來了。

她真的出去過了嗎？為什麼她全然沒有印象！

「同學？」聽見裡面毫無動靜，女警狐疑的敲了敲門。

「啊～快好了！」王羽凡趕緊匆匆換下制服，穿上那沾滿塵草的體育服。

她夢遊了，去了哪裡？這跟剛剛失憶的狀況一樣嗎？她明明站在保健室裡，聽著老師要她拿棉花，可是下個瞬間卻發現身在練習室裡了！

剛剛她看過手錶，整整一個小時以上的空白，她沒回教室、沒去上課，連何時離開保健室都不知道。

然後老師死了，同學死了。

「喏。」王羽凡走出廁所，將手中的提袋交給女警。

女警接過，免不了瞥了王羽凡一眼，微微蹙起眉頭，像是在說怎麼現在的高中女生這麼不愛乾淨，體育服一看就知道穿過還沒洗。

王羽凡無心管她的眼光，她一心只想打給阿呆，她知道有事情發生了——發生在她身上！

「那我要回去了喔！」她匆匆的想離開，卻被女警叫住。

「同學，妳得跟我們回警局一趟。」

「為什麼？」

「因為妳也算事件關係人，所以要請妳回去做個筆錄。」

王羽凡眨了眨眼，不行！她根本甚至都不記得，而且那說詞一定很荒唐，說不定她已經被當嫌疑犯了！

「可以，可是我要先回教室去拿東西，我未成年喔，應該要有家長陪同吧？」王羽凡好歹看過電視，知道基本要件。

女警點了點頭，又陪著她回教室拿書包，重點是手機。

王羽凡第一通電話並不是撥給母親，而是打給了正在上課的阿呆；阿呆一點猶豫也無的接起電話，堂而皇之的走出教室，他知道上課時間打來，絕對不是好事。

一個小時後，該來的不該來的，全都抵達了警局。

※　※　※

「你們把我女兒留下來是什麼意思？她就說沒在現場了，而且有好幾個同學證明她那時正在跑操場！」

「不是，王太太，我們是因為她曾經跟被害者接觸，所以才必須請她說明……」

「她在學校就已經說明過了！你們不要以為我們是小老百姓什麼都不懂，我告訴你……」

王羽凡一個人坐在警局的椅子上，透過玻璃窗看著媽媽正在跟員警翻桌，她當然知道媽媽的個性，平常時溫柔小綿羊一隻，一遇到自家人的事，就會成了兇猛母獅。

外頭一陣喧譁，忽然有許多人的聲音在外面叫罵、哭喊，裡頭的員警發現狀況不對，紛紛朝外察看；連在跟媽媽吵架的員警也不得不開了辦公室的門，狐疑的往外頭走去。

「喂！你賣造，我還沒講完！」媽媽不打算放過警察，追上去直直唸。

而在一陣混亂中，她期待的人總算走了進來。

「阿呆！」她興奮的綻開笑顏，立即站起來。

叫阿呆的男生留著一頭笨拙的小瓜呆頭，他遠遠的就停了下來，移開鼻樑上那厚重的粗框眼鏡，打量王羽凡全身上下。

越看，他臉色益發凝重。

平時王羽凡身上總會黏上幾隻浮遊靈，可今天不但一隻都沒有，她全身上下還被金黑色的氣體纏繞，無一處空隙可言。

「妳是又去哪裡惹事了？」阿呆皺起眉，那黑氣不是一般陰氣啊！

「我沒有啊！」她無辜的嘟囔著，「可是我有超重要的事要跟你說！」

「嗯，出去再說。」他勾勾手指，要她跟著一起走。

「咦？我這樣就可以走啦？」她疑惑地環顧四周，她的確不是犯人，但是就這樣離開，不知道會不會怎樣？

阿呆不耐煩的瞪她一眼，她立刻把書包揹上，乖乖的跟著他往外走。

警局門口的騷動原來是一大群父母親到警局來要求警方查案，近來有許多少女失蹤案，報案後都沒有下文，就算出事連屍首都未曾尋獲，今天萬應宮的人到各家表示，學校發生了重大案件，跟她們女兒的失蹤案有關聯。

所以家屬們紛紛前來詢問進度，也有傷心失控的家長指責警方辦案效率太差，才導致少女一再失蹤，導致光天化日之下，學校都能發生慘案。

哭得最淒厲的則屬陳莉文的爸媽，早上還跟家人說再見去上學的女兒，幾個小時後不但死於非命，連心臟都不存在了。

「你叫他們來的嗎？」王羽凡他們從一旁繞開。

「嗯，我爸也要統計一下總共有多少人。」當然，這群人鬧得越大，他越容易帶走王羽凡。

正當他們走下階梯，準備往腳踏車走去時，忽然有人扯住了王羽凡。

「同學！等等！」方老眼尖，發現了鬼祟離開的他們。「妳能走了嗎？」

王羽凡轉過身看見是警察，不知道為什麼自己要作賊心虛，竟一時嚇得說不出話。

「為什麼不行，她是嫌疑犯嗎？」阿呆倒是從容，回身扣住方老的手腕。「什麼時候市民配合警方辦案，連行動都受到拘束了！」

方老原本溫和的眼神掃向阿呆，這戴著俗氣眼鏡的小子，眼鏡底下卻有雙銳利的眸子啊……說起話來不慍不火，還架式十足，一點都不像時下的高中男生。

「王同學制服上沾有血跡。」方老並不打算放手，依然抓著王羽凡。

「她說過，那是幫她同學包紮手腕時沾上的。」阿呆因此箝握得更緊。

「我是指高速噴灑的血跡，保健室老師是遭割喉而死，她制服上的血珠就像是動脈噴出的血。」方老微笑，這小子究竟是誰？

「就像是？警方辦案不能用好像似乎來處理吧？制服已經交給你們了，等你們確定之後再來提抓人吧。」阿呆猛然一把抓扯掉方老的手腕，「她現在只是一個無辜的高中女生，想拘留她也得有證據！」

阿呆向後一推，逼得方老連連踉蹌。

王羽凡嚇了一跳，還想上前攙扶方老，卻被阿呆一手擋下，叫她站到後面去。

奇怪……王羽凡暗自疑惑，阿呆什麼時候變得這麼有力氣啊？

「小子……」方老望了自己被握紅的手腕，「你好像知道些什麼？」

「高中生能知道些什麼？我只是來帶我同學。」阿呆目光向後移，直直看向方老的後方，救星總算到了。

「哎呀，方老，怎麼跟我家寶貝聊起來了？」清朗的聲音含著笑，從容不迫的走上前來。

方老回首，瞧見俊朗的男人，是萬應宮的住持！

「咦？他是你兒子？」方老詫異的望著阿呆，心裡暗叫了數聲不妙！

「是啊！小孩子不懂事，多有得罪還請包涵！」男人瞬間與阿呆交換眼神，阿呆領命，回身就趕緊離開。

方老沒有阻止，他只知道連萬應宮都出馬了，恐怕有什麼大事要發生……或是已經發生了！

「方老，關於失蹤案跟今天學校發生的事，想跟您聊聊。」男子微微一笑，謙恭有禮。

方老憂心忡忡的蹙起眉心，唉，只怕又是警方管不到的大事了！

他點了頭，回首看著離開的高中生，男孩正巧載著女孩離去；女孩正激動的說著什麼，他聽不見，只確定這些人全是相關人士。

第一次被阿呆載著的王羽凡一點都沒有興奮之情，這跟她想像的畫面差太多啦！她原本是希望可以環住阿呆，甜蜜的一起出遊；而不是像現在一樣，她慌張的解釋發生在身上的異樣，還有夢遊跟失憶等症狀。

阿呆只是聽著，偶爾提問，其他沒有什麼過大的情緒起伏。

「所以妳根本不記得妳夢遊？」

「不知道……直到我看見體育服。」阿呆剛也看見了。

「那離開保健室之後呢？」

「我也沒印象，是田徑隊確認我在操場跑了大概五圈，走向社團大樓……對我來說，記憶完全空白。」

沒有東西附在羽凡身上，她身上的確邪氣纏繞，可是沒有任何怨靈或是邪靈附身，那些邪氣怎麼來的，目前還是個謎。

若說她被詛咒那倒是有可能，可是再怎樣都需要一個媒介，她身上一定會有徵兆。

可是羽凡全身上下乾乾淨淨，沒有多餘的靈體、或是詛咒的媒介物。

「我要妳仔細回想這一個月來去過哪裡、做過什麼，還是曾經犯到什麼人！」阿呆語重心長，「給我一個個想清楚，不要有跳過的地方。」

「我……沒有去哪裡啊！沒跟你們出去，我不是在學校、補習就是偶爾練柔道！」王羽凡咕噥著，「而且我人緣這麼好，又怎麼會惹到——」

咦？她是不是忘記一件最重要的事？

「怎麼了？」阿呆聽出她的停頓。

「現在唯一恨我入骨的，就只有一個人了。」王羽凡咬咬唇，「警衛說，他今天也有到學校來，因為他親眼看著他離開學校。」

「……李如雪她爸爸？」阿呆超級驚訝，這個人還在啊？「他不是一陣子沒來找麻煩了？」

「對啊，所以他突然出現大家都覺得很奇怪，而且他今天到學校來並沒有找校長或是各處主任，甚至也沒來找我麻煩！」王羽凡咬著指甲，心裡忐忑不安。「還有一個人，今天也出現在學校了……雖然伯伯說可能是認錯人，可是……」

為什麼她心裡直覺不是？

「誰？」阿呆停了下來，誰叫王羽凡的語氣太慎重。

他回過首，看著她濃眉微蹙，一臉惴惴不安的模樣。

「李如雪。」

阿呆瞪大了雙眼，全身血液瞬間停凝——

『有人違逆天道，施以返魂之術，天不可容，致使萬里無雲，晴天卻有雷劈！』

第三章　子夜獻祭

台南市郊區的萬應宮，是遠近馳名、香火鼎盛的宮廟，原因無他，此廟內個個皆高人，舉凡消災解厄、降妖伏魔，對萬應宮裡的高人而言都是輕而易舉。

而今日萬應宮卻大門深鎖，所有人聚集在廟堂大廳前，氣氛煞是凝重。

王羽凡坐在一旁的木椅上，看著萬應宮的阿婆、伯伯還有阿呆爸他們圍著木桌，激烈的討論著。

「李如雪活過來了！」阿呆幾乎用肯定的語氣，「之前半夜大家都起床就是為了這件事對吧！」

「還不能斷言……晴天霹靂有很多種可能性。」阿呆爸倒是從容，不正面回答兒子的問題。

「哎喲，代誌大條啊啦！」阿婆扳過阿呆，「哩系按怎確定李如雪哇貴來？」（你是怎麼確定李如雪活過來的？）

「伊。」阿呆指向王羽凡，她欲站起身，又被阿呆示意坐下。「爸，調錄影帶就知道了，學校那邊應該調得到。」

「警方會調，這不是問題。」阿呆爸淡淡的說著，廳堂裡人多嘴雜，分貝超高，多半都是在討論要是真復活了怎麼辦、還有她是怎麼復活的，未來要怎麼解決等等。

王羽凡不安的坐在木椅上頭，看著眾人激烈討論，事態嚴重她清楚得很，萬應宮連門都關上了，拒絕所有進香的信徒，就表示事情相當的嚴重。

「來，吃點甜點。」冷不防的，一碗紅豆湯圓突然擱在她面前。

王羽凡一怔，抬起頭往身邊看，是笑容可掬的阿呆媽。

「……謝謝，可是我……」她原本要說吃不下的，但是肚子忽然發出不平之鳴，害得她一臉尷尬。

這才想起，因為早上的事件，她不僅早餐沒吃，連中餐時間都在做筆錄，的確是未曾進食，都下午兩點了，肚子不抗議才怪。

「肚子很餓嗎？」阿呆媽眨了眨眼，「早說嘛，我弄點東西給妳吃！」

「不不……我只是……」餘音未落，肚子又咕嚕咕嚕叫。

阿呆媽嫣然一笑，往那群人那兒喊過去。「喂，我帶羽凡去後面吃飯喔！」

所有人停了一秒，回頭看向阿呆媽，再不約而同看向阿呆爸，那眼神的意思像是在說：她出來幹什麼，快叫她進去啊啊啊……只見阿呆爸揮了揮手，意思是快滾快好。

王羽凡則是遲疑的往阿呆看過，他肯定的點頭，人在萬應宮內，事情再嚴重也不會有大事發生；況且跟媽在一起，媽靈光強烈、還有十數個守護靈隨侍在側，應該不成問題。

於是乎，王羽凡就尾隨著阿呆媽，到後頭的廚房用餐。

有別於前頭的凝重與討論，阿呆媽還一路哼著歌，愉悅的來到廚房，彷彿剛剛那個話題完全不在她的介意範圍。

「中午還有一些菜，我微波一下，再煎個蛋給妳配喔！」阿呆媽把菜從冰箱裡拿出來，笑吟吟的對著她說。

「謝謝……」王羽凡尷尬的轉轉眼珠，「請問一下，關於李如雪的事情……」

「咦？喔，他們前面在講的喔，那個我不太管，反正也管不著。」阿呆媽聳了聳肩，「我呢，八字重、靈光強，什麼都看不見，所以神鬼之事我很不拿手，只在緊要關頭幫幫忙。」

「緊要關頭？」

「嘿呀，例如有的地方小鬼橫行，我去那裡轉一圈，就有祛邪的功能喔！他們會被我的靈光嚇得四處逃竄，然後我親愛的就負責把他們一一解決掉。」

哇……王羽凡暗自讚嘆，雖然阿呆媽看起來什麼都不會，但這個「天賦」很威耶！

「我好像打打拳時也有點用處呢！」她認真的回想自己的功能。

「那種事情太複雜了，管也管不完！」阿呆媽說得義正詞嚴，「妳也不必太擔心，有我家寶貝阿呆在，安啦！」

安啦？真的這麼輕鬆嗎？阿呆媽說起來彷彿小事一樁，可是前面的每個人都神色凝重。

「可是，真的有死人復活這種事嗎？」頭破血流的李如雪，可以恢復正常的在路上行走？

「死人復活？這麼神啊！」阿呆媽一臉驚奇的模樣，「這是怎麼辦到的，好厲害喔！」

欸……王羽凡深呼吸，她好像問錯人了？

阿呆媽俐落的切著蔥，要為王羽凡煎個蔥蛋，結果刀太快，一不小心往指頭切了下去。

「哎呀呀——」她立刻甩下刀子，將食指豎直。

「阿呆媽！」王羽凡也趕緊衝到流理臺邊，「有沒有怎樣？」

「小事小事！」阿呆媽隨手抽過一旁的廚房紙巾，拭去自傷口不停滲出的血珠，真是笨手笨手，晚點兒又要被唸了！「這個一下就止住了，我——」

王羽凡忽然握住了她的手，雙眼瞬也不瞬的盯著那流著紅血的傷口，她的神情木然，讓阿呆媽覺得有點奇怪。

「羽凡？」她試探性的問著，可是王羽凡未曾回答她，只是緊握著她的手腕，甚至還用力擠壓傷口，把血擠出來。

晶瑩剔透的紅色，聞起來好香啊……王羽凡視線緩緩移動，移到了阿呆媽的胸口，從這裡她可以聽見強而有力的心跳聲，撲通撲通，這是顆強大的心臟……

王羽凡忽地勾起一抹笑，倏地往左邊看去，衝向了刀架上的水果刀——

咚——鏗鏘！

一聲巨響伴隨著杯盤碎裂聲，自廚房的方向傳來，前頭的人不以為意，因為那傢伙打破碗盤的紀錄輝煌，至今無人能敵。

只是一抹紅影倏地飛至，躲在走廊那兒，她不能到神明眼皮底下，只好從旁吆喝。

「學姐？」從阿呆爸的角度能看見她飄在半空中，立即焦急的往前走去。

阿呆也回首，「乾媽？怎麼了？媽做菜不至於毒死羽凡吧？」

『出事了！』紅衣女子二話不說飛往廚房的方向，阿呆爸瞪大雙眸，焦急的直往前衝去！

阿呆也沒有遲疑的衝往廚房，難道剛剛發出的聲響不單純？

當阿呆抵達廚房時，看見一地破碎的瓷盤，滿地的蔥花，瓦斯爐前趴著一個不省人事的人，而醒著的這位雙手緊抓著砧板。

「媽……」阿呆緩步移近，王羽凡趴在地上，一動也不動。

「她很怪！」阿呆媽緊皺著眉，「那個眼神跟笑容完全不是羽凡，她對我的血表現出渴望，而且還打算拿刀傷我！」

阿呆爸緩緩壓下愛妻的手，她緊握著砧板不放，看來是情急之下，在王羽凡抽刀前，愛妻先用砧板打暈她。

「我看不出她有被附身的跡象。」阿呆爸凝重的說著，蹲下身探視王羽凡。

「我也看不出來，但是她身上的確有東西……會不會是很厲害的玩意兒，可以隱藏蹤跡？」阿呆望著倒在流理臺的刀架，羽凡真的想傷害媽？

「不無可能。」阿呆爸抱起了昏迷的王羽凡，「從現在開始，必須密切注意她！」

「這裡我來收就好了，你去陪羽凡。」阿呆媽推著兒子，雖然心有餘悸，但是知道羽凡對兒子是重要的。

阿婆們凝視著王羽凡，交頭接耳的竊竊私語，阿呆隱約感受到阿婆們知道些什麼，但是再怎麼問她們目前也不會說。

該知道的時候，自然會讓他知道。

渴望鮮血？究竟是什麼古怪的東西，為什麼偏偏找上羽凡！

「阿呆！」阿呆爸從客房步出，「晚上你跑一趟羽凡的學校。」

「咦？招靈嗎？」

「嗯，不過我不是要你去問今天的死者，我要你去找李如雪。」阿呆爸指的是真正的李如雪鬼靈，「她本人應該最清楚，自己身體的狀況。」

「好。」阿呆點了點頭，「我可以帶上班代嗎？」

「也好，多個伴比較安心。」雖然是小事。

阿呆爸向外頭走去，阿婆她們簇擁著他，小聲的討論是否應該要把宮主召回來？這事情並不單純，萬一真的有人施以返魂之術，那可不得了啊！

返魂之術是個傳說，很少人知道，因為讓人死而復生是違逆天道的行為，根本不可能發生。

但這項傳說還是流傳下來，現在讓阿呆爸最憂心的，是返魂之術中的活人祭品——如果李如雪真的復活了，那她的活人祭用的是誰？

阿呆坐在客房的椅子上，望著昏迷不醒的王羽凡，她現在看起來如正常人一般，很難想像她意圖傷害媽、或是渴求鮮血的模樣。

到底是什麼東西在操控她？羽凡天生就具有極易吸引鬼的磁場，但藉由柔道與正氣，可以一一排除，但卻無法改變她是個最佳容器的體質。

在邪廟時，魔物喜歡她的身體，意欲寄宿；就連後來請神明降身，神明沒有降在身為萬應宮數代高人頂端的表姊身上，而選擇了羽凡，她是個神與魔、妖與鬼都喜歡的體質。

他無法改變，只能保護她。

一個多月前，她一票同學不要命的去挑戰傳說，進行試膽，結果破除了萬應宮多年前鎮壓妖物的封印，差一點造成無法挽回的大浩劫；明明沒參加試膽的羽凡也被捲入，而且還被妖蜈蚣緊緊纏住，那也是因為她的體質。

現在，不管誰做了什麼，對方還是選擇了羽凡。

他能保護她到什麼時候？上一次為了保下她，不惜眼睜睜的犧牲了七條人命，以挽救七萬、七十萬甚至七百萬條人命，卻換得她的不諒解。

這一次呢？阿呆難受的絞著雙手，他永遠忘不了上一次事件好不容易落幕時，羽凡望著他與班代的眼神。

「如果是我，會選擇一條大家都幸福的路。」

他很想說，事情沒有這麼容易，但知道羽凡聽不進去，所以他就不再提了，大家暫時斷絕聯絡。一直到班代快生日了，他才試著傳簡訊試探她的反應，問她要不要一起去買禮物，恢復了聯繫。

他因為今天能重聚而興奮，但是沒想到卻會發生那樣的事。

阿呆凝視著王羽凡，即使與全世界為敵，他也要保下她！

※　　※　　※

月明星稀，兩組腳踏車身影在夜色中穿梭，抵達兩扇大鐵門前；兩個身影躍下腳踏車，找地方將車子藏匿妥當，接著便一前一後的翻牆而過！

瘦小那個一攀牆垣，三兩下就跳進裡頭。後頭那個圓滾滾的，吃力的踩上牆頭，小心翼翼的跳了下來——砰！

「哎喲！」

「……你該減肥了。」

「有啦，你是王羽凡上身喔！連你都唸！」

兩個男孩沿著操場，來到了王羽凡的學校，準備尋找日聖樓中，八卦陣的鬼靈：正牌李如雪。

「咳！阿呆……」班代低著聲問，「你有沒有覺得……不太對？」

「嗯……」阿呆把眼鏡往下挪一點，豈止不太對，這簡直是大大的不對勁！

許多學校原本就是墳地或亂葬崗改建而成，即使做過法會，還是有許多不肯走的地縛靈存在，才會老是造成校園傳說；可是這些靈體不該有害，頂多是捉弄捉弄人，不會像現在這樣……邪氣沖天！

這些鬼好像力量增幅似的，不僅四處亂竄，還變得猙獰嚇人，穿梭在操場上或是教室間，弄倒東西的聲音自四面八方傳來。

「搞什麼……」阿呆低咒著，鬼靈在此，這些孤魂野鬼也敢作祟？

忽然，不知有什麼東西吸引了這些遊離鬼，他們先是一怔，接著往同一個方向看去，然後盡數衝向前方。

在前棟那兒，有人正喃喃唸著經文，保健室裡點滿了白色的蠟燭，不時伴隨著清脆鈴聲，幾個人在那兒低聲唸著，形成一種詭異的共鳴。

「這會有效嗎？」

「總是試試看啊，不然難道讓我們的女兒死得不明不白嗎？」

「噓！專心！」道士裝扮的人出聲制止，繼續唸著聽不懂的經文。

前棟這兒看來正在進行招靈大會，後頭的兩個男生站在日聖樓底下，低聲呼喚著這裡的鬼靈。

「李如雪，這裡是萬應宮召喚，速速現身！」阿呆在她跳樓自殺的死亡地，以粉筆畫了個簡單的召喚陣，低聲請駕。

只是過了好一會兒，連個鬼影都沒瞧見。

「她應該在這裡吧？」班代不安的環顧四周，許多孤魂野鬼正在他們旁邊嘻笑。「自殺的地縛靈不該會離開啊！」

「她不是地縛靈，她是鬼靈，而且她的自殺是人為……是上一代鬼靈造成的。」阿呆低首再次召喚，還是沒有什麼東西現身。

唯一有的就是一堆在旁邊吱吱笑的遊魂，他們身上均沾染了邪氣，狂妄的笑著，齜牙咧嘴。

『我們的世界快到了，你們這些死人類，嘻嘻嘻……』鬼魂們笑得咯咯作響，『這裡會變成一片血海，哈哈哈——』

「吵死了！」阿呆咒罵著，「李如雪，李如雪妳快點出來！」

結果還是沒人現身，反而是另一個女孩的幽魂從上俯衝而下，在直抵阿呆鼻尖時煞了車。

『她出去玩了……』女孩幽幽的說著，她沒有下半身，看起來像是被輾過的。『去找同學了……』

「喔，好。」阿呆大退一步，這幽魂離他未免也離得太近了。「謝謝妳。」

看來李如雪也收了不少「小弟」，這個女孩應該是在學校外頭出的車禍，被順道收進來當玩伴吧？

「她去找……其他的鬼靈玩嗎？」班代有點驚訝，原來鬼的生活跟他們沒有什麼兩樣嘛！

「嗯，之前聽爸說過，因為這一次八卦陣的鬼靈是同一掛，所以他們滿常聚會的。」

阿呆再看向小妹妹的靈體，「她有說去哪裡嗎？」

『去雕像那裡了。』小妹妹天真的咯咯笑了起來，『一張臉刻在石頭上，很好玩呢！』

「在亂葬崗！」班代很熟那些封印地點，亂葬崗的人臉墓碑，有個人被活埋入土，成為鬼靈守護那一帶。

「可以再遠一點！」阿呆嘆了口氣，照理說不管多遠，只要萬應宮呼喚都應該會回應的，她是鬼靈，「咻」一下就回來了，幹嘛非得逼他騎腳踏車去路程兩小時以外的地方啦！

「快點走吧……」班代邊說，卻不由自主的仰頭朝天空看。

一大片烏雲不知從哪兒飄了過來，烏雲蔽月，急速的遮掩住已經稀少的星辰，身邊那群吱吱笑的遊魂們忽然盡數飛離，空中傳來一股低鳴聲。

「糟！」阿呆只說了這麼一個字，瞥了班代一眼，兩個男孩就往前棟去。

前棟便是月慈樓，當初李如雪是死在「日月之中的高中生」這個傳說，所以才會在日聖樓與月慈樓間跳樓身亡，完成試膽詛咒；月慈樓幾乎是行政體系的辦公室，今早發生的命案就在那兒。

走過穿堂，叮的一聲清脆鈴響，讓阿呆止了步。

有人？現在什麼時候了，這裡還有人在！他回頭跟班代交換眼色，班代率先離開穿堂，偷偷摸摸的繞過庭園，走到警衛室邊偷窺。

穿堂跟警衛室隔了寬敞的庭園跟綠樹，就在兩點鐘方向，不遠不近；阿呆幫班代把風，讓他潛伏到警衛室邊，偷偷張望——噯呀，裡頭空無一人！

因此阿呆只好貼著牆，迅速探出頭往走廊上一望、再一瞥，保健室門口燈火搖曳，陣陣低語聲，敢情連警衛都在裡頭？

緊接著傳來班代噗哧一聲，他從庭園往保健室那兒看，看了個大概，勾勾食指要阿呆放心出來。

「他們人都在裡面。」班代越過樹叢，在走廊上跟阿呆會合。「好幾個人，還有警衛。」

「這麼晚了在這裡唸經？」阿呆總覺得不太妙，因為學校陰氣變重，原本無害的孤鬼現在個個像失了心神般，摩拳擦掌的在外頭環伺。

不管了！阿呆深吸一口氣，挺直背脊，直接走進保健室裡。

「你們在幹嘛！」他大喝一聲，尖叫聲立即此起彼落！

只見保健室裡點滿白色蠟燭，一個像道士的人搖著鈴在唸咒，一旁有對中年夫妻，還有幾個怎麼看都同齡的高中生，當然還有服替代役的年輕警衛。

「你嚇死人啊！」一個女生拔高了聲音，「那麼大聲幹什麼啦！」

「不大聲你們怎麼會停？」阿呆挑了眉，看了一眼在場人士。「這麼晚在這裡進行什麼儀式嗎？」

「咳！」見到只是個毛頭小子，道士果然一步上前。「我在進行神聖的招魂儀式，要招出陳莉文的靈魂。」

「早上應該招過了吧？」通常命案現場會火速進行請靈，讓靈魂跟著家屬回家。

「嗚……莉文沒回來啊！」中年女人聞言，立即哭得泣不成聲。「招魂招了一兩個小時，就是沒有聖筊！」

沒回來？如果是在這裡死亡，魂魄應該還留在原地啊！

「師父說應該是有怨氣，而且孩子死得太無辜，我們決定召喚她出來，讓她告訴我們兇手是誰！」另一個應該是陳爸爸，抱著妻子痛哭失聲。

阿呆點了點頭，這邊的理由他非常能夠接受，不過……他轉向其他學生。「那你們呢？」

「我、我跟陳莉文是朋友，所以我也想來幫忙！」女孩子嘟囔著說，「阿凱是他們家鄰居，才跟我們說這件事的。」

警衛想出聲，阿呆對他比了個噓，想也知道是看熱鬧的。

他上前一步原本想說些什麼，卻突然發現腳上踩到了什麼東西，低首仔細端詳，卻發現地上畫上了奇怪的東西！

「這什麼？」他蹲下身子，看著粉筆拙劣的畫出一個多邊形，而在場的每個人一人就站在一個角上；中間還有多角符號，寫了一堆奇異的文體。

「那是法陣。」道士義正詞嚴的說著，「要召喚冤死的靈魂，必須要有法陣。」最好是……班代扯扯嘴角，懶得戳破這江湖術士的滿篇謊話。

一陣冷風忽然颳了進來，許多落葉也跟著掃進保健室裡，燭火搖晃得劇烈，引起一陣不小的騷動。

女高中生嚇得發冷，她下意識的往後退，連帶同學也跟著往角落縮，每個人都覺得氣氛變得有點怪，那陣風來得未免太突然！

「喂喂！你們不可以離開法陣！」道士緊張的大喊，「快點站回去，我是依照人數畫的，快點！」

「依照人數？」阿呆立刻瞪向師父，「什麼法陣得依照人數畫？又不是祭典！」

「不是，這上面就寫說有幾個人畫幾邊形……」道士一時口快說溜了嘴，然後嚇得摀住嘴巴。

班代冷不防抽過他手上的經文，搞半天一張小抄黏在經文上頭，上面寫滿了咒法似的文字，還有要點提醒：一、現場有幾個人就畫幾邊形，讓所有人站在端點。二、每個段落必須搖一次鈴，結尾時搖三次。三，務必重複唸著以下的咒語三次，過程中不能有人離開。

阿呆草草瀏覽了一遍，他沒有博覽群書，但有博覽「經文」，這個東西他連見都沒見過。

「這是哪裡來的？」

「天機不可洩露！」死鴨子嘴硬，道士不願說出這哪裡來的。

「進行到哪個階段了？」

「我、我為什麼要告訴你！」道士斜睨了他一眼，「小子，你不要打斷我們作法，已經快要大功告成了！」

「是啊，你是誰，請你走開！」陳媽媽一把推開阿呆，「我要找我的女兒，我要找我的女兒啊！」

「來路不明的咒法不能亂施！」阿呆情急大吼，可是道士已搖動手中的鈴。

叮、叮、叮。

咦？三聲……他們的咒法已然結束，只剩這結尾的召喚鈴嗎？

強烈的冷風倏地颳進來，這一次將燭火盡數吹熄，高中生們驚恐的尖叫，而那風像是在屋內打轉似的，竟然轉了一圈後往外衝出，將保健室的門砰的關上！

「哇呀！」這一關，恐懼就更深了！

「別急別急！」警衛趕緊出聲要大家鎮定，走到門邊去。「再把門打開就好，你們不要叫……」

此時，有支蠟燭亮了起來。

那是角落的蠟燭，像是沒有被風吹熄似的重新燃起，將大家的影子斜照在牆上，每個人的身形都被拉得好長好長。

背對門口的是阿呆、班代、陳媽媽，跟走過去的校警；而面對門口的則是道士跟陳爸爸，還有縮在角落的高中生們。

女孩子被燃起的蠟燭嚇到，因為在這昏暗的室內，只有一支搖晃的蠟燭，看起來反而更加可怕，而且每個人的影子都映在牆上，如此細長且變形，簡直就是……咦？她不由得望向牆壁，一、二、三、四、五……

多、多了一個人？

啪！右邊一支蠟燭亮起，緊接著比點燈還快，每一支明明被吹熄的蠟燭全數重新燃起火光，而那多角型的陣中，站了一個讓人叫不出聲也說不出話來的人。

陳莉文現身在法陣中間，慘白著一張臉，雙眼無神的瞪著地板，像個娃娃般動也不動。

「莉文！天哪……我的女兒！」陳媽媽大驚失色，呼喊著女兒。

「真的、真的出現了……」同學們更加擠成一團，嚇得動彈不得。

阿呆向後退了一步，班代也跟著往後，他可不認為那是召喚咒。

陳莉文緩緩直起頸子，眼珠子活絡起來，她首先看著哭喊著的父母親，再轉頭看向自鳴得意的道士，接著頸子扭了兩百七十度，看向縮在角落的同學們，再轉了三百六十度回到原點，瞥了阿呆他們一眼。

那脖子上的皮扭曲成一團，連陳爸爸及陳媽媽都嚇得瞠目結舌。

『怎麼只有四個人在陣內呢？』陳莉文幽幽的出聲，斜眼瞪向道士。『這麼一點小事都辦不好！』

「咦？我是、我有叫他們站好，是因為……」

『廢話太多！』陳莉文一伸手，指尖俐落的戳進道士的胸膛，鮮血噴了出來。

道士慘叫著，望著刺進他胸口的五根指頭，他倒抽了一口氣，卻怎麼樣都無法將陳莉文的手拔出來，陳家父母不可思議的看著自己的孩子，做母親的雙腳一軟癱在父親懷中。

「莉文？」

『爸，媽，你們很希望我活過來吧？』陳莉文冷冷的望著自己的父母親，『那就把心臟給我吧！』

餘音未落，她的手自道士胸膛拔出，手上已經抓著溫熱的心臟，它還在作最後的掙扎，微微的跳動著。

「哇呀——」學生們終於忍不住，拚命的往門口衝，校警轉動門把，卻怎麼都拉不開門。

「開門！你在幹嘛！開門啦！」學生們爭先恐後擠向前，把校警推開，但誰也打不開那道門。

陳莉文的指甲沒入已停止跳動的心臟裡，飢渴般舔著流下來的鮮血，校警恰好被學生們擠得跌坐在地，滑進了近在咫尺的法陣之中，陳莉文彎身一抓，三兩下就抓出了另一顆心臟。

外頭鬼哭神號，每一隻鬼都在狂笑。

無論如何都打不開門的高中生們恐懼的抵著門板，望著同班同學舔著心臟，然後張開嘴，啃咬那尚有餘溫的心臟，不由得發出淒厲的尖叫聲。

「閉嘴！」阿呆忍無可忍的低吼，「你們可以暫時安靜一下嗎？」

學生們哪聽得見他的話，每個人嚇得閉起雙眼，而陳莉文冷眼瞪向出聲的阿呆，上下打量了一遍。

『哼，萬應宮。』她咯咯笑個不停，張大的嘴咧至耳下，露出裡頭的尖牙。『總有一天我會吃了你的！』

「我跟妳無冤無仇吧？」阿呆挑了眉。

『凡是阻礙我們的人，就都該死。』陳莉文望著阿呆，卻突然抓過了跟前的陳氏夫妻。『只是時候未到罷了。』

「莉文！莉文！我是媽！」陳太太扯著胸前的手，緊張的大吼著。

「我是爸爸啊，妳不認得了嗎？」陳先生也恐慌的驚叫著。

陳莉文露出猙獰的笑容，一個晚上得四顆心臟，也算是賺到了吧？呵呵……要不是那群同學臨陣脫逃，她今晚就能收集到更多的心臟呢！

離完全的死而復生，應該也不遠了吧……

「借過。」阿呆對著擋在門口的高中生說，他們無法動彈，得靠班代把他們往旁邊拖。

「外頭的，開門！」

短短五個字，門喀噠一聲轉開，法陣裡的陳莉文一驚，無法置信的望著開啟的門——門現下應該還是被封住，是誰有辦法開啟？

門才一開，學生們立即衝了出去，阿呆跟班代是一起被推擠而出的，他們全數都離開保健室後，門再度砰的關起；數秒之後，傳來陳氏夫妻淒厲的慘叫聲。

「天哪天哪……」女孩癱在地上，「我們差一點點就被吃掉了……被吃掉了——」

「那是陳莉文嗎？她的心臟被人挖走，也被吃掉嗎？」

「我要回去了！太可怕了，我還活著、我還活著……」

阿呆望著被嚇著的高中生們，他們並不知道，在儀式完成之前就離開法陣的他們，絲毫不會受到傷害。

他不知道那個道士是哪門哪派，只知道那是個白痴！拿著根本不熟悉的咒法經文胡唸一通，說不定那其實是犧牲咒，獻祭的咒語，自個兒還樂在其中。

外頭的孤魂野鬼個個瘋狂，因裡頭的邪氣，他們也變得更加張狂了。

「他們會不會害人？」班代皺眉凝視手舞足蹈的幽魂們，他們正在吸收裡頭傳來的邪氣。

「會，明天又得讓萬應宮過來收拾，否則最快明晚他們就能作惡。」阿呆慎重的望著每一個即將從地縛靈轉為厲鬼的幽魂，怪異的是，這些幽魂的心也跟著被染黑了。

不過此地不宜久留，阿呆他們還有工作，必須去找真正的李如雪問清楚。

這兒的異象太可怕，為什麼她偏偏沒有留在這裡？

最後一聲悽慘的叫聲是陳先生，阿呆無能為力，他們是自願獻祭者，今日陳莉文已是妖鬼，就算他現在幫助了陳先生，一有空隙，陳莉文隨時都能現身要他的心。

「……孟萱！」校門口那兒傳來叫喊聲，跟著是急促的腳步聲。「阿凱？大隻……你們在這裡幹嘛！」

王羽凡衝進走廊，愕然的看著趴成一地的同學，還有站在最後頭，神色緊繃的麻吉。

返魂

「阿呆……班代！」尾音上揚咧。
他們才想問，妳在這裡幹什麼咧！

「當然是來找你們啊！」王羽凡圓著雙眼，理所當然的瞪著他們。「你們竟然沒等我就溜出來，很不夠意思耶！」

「……」阿呆沒好氣的戴回眼鏡，「又不是出來玩！」

「都一樣！你跟班代就一掛，把我排除在外！」她抱怨著，哼了一聲。

「沒有啦！就妳在睡覺啊，所以我們沒叫妳起來。」班代隨口謅了個藉口，百分之百掩蓋不了。

「少來，你以為我不知道嗎？我又失憶了！」王羽凡緊咬著唇，「我只記得你媽切到手，然後我就什麼都沒印象了，醒來時只覺得頭很痛，你也已經不見了。」

頭很痛……咳！阿呆覺得應該沒必要跟羽凡細說為什麼會比較好。

「我媽還是我爸有跟妳說些什麼嗎？」

「沒，我也是溜出來的。」王羽凡聳了聳肩，「我醒時外頭都沒人，所以我自己從後門走了。」

呃……非常好。阿呆趕忙拿出手機，傳封簡訊交代一聲，要不然等媽發現羽凡不見，一定大驚小怪，阿婆們一定也會懷疑她是被人控制，所以離開的。

「所以呢，我做了什麼嗎？你們應該都有看見我夢遊的樣子吧？」王羽凡很緊張的問著，心情是既期待又怕受傷害。

班代假裝聽不懂她在說什麼，其實阿呆都已經說過一次了，關於命案及夢遊，當然還有王羽凡打算殺掉阿呆媽的事情。

「妳只是突然不動，然後就倒了下去。」阿呆深信有時候善意的謊言是件好事。

「就只是這樣？」

「嗯。」他肯定的點著頭，雖然事實並非如此。

保健室裡的燭火盡滅，陷入一片黑暗，緊靠在一起的高中生們退向門口，他們飛快的離開校園；林孟萱望著神色自若的王羽凡，不由得輕喚了幾聲。

「你們還不快走？」

「咦？對厚！」王羽凡這才意識到其他同學，「你們幾個這麼晚了在這裡做什麼？」

「當祭品啊……」班代憋著笑，淡淡回應。

「才不是咧！」林孟萱急忙把事情簡單的告訴王羽凡，大家你一言我一語的，聽得她頭都痛了。

阿呆回首看向陰暗的保健室，已經沒有邪氣存在了，孤魂野鬼也四處散去，看來陳莉文已經走了。

她口口聲聲提到死而復生，表示她也在進行某種儀式，經過某種術法而重生嗎？無論如何，那樣子跟心智都不像是普通高中生，只怕心智已被控制了。

「好了，你們幾個回家，我們還有事要辦。」阿呆走上前，就開始發號施令。

「現在回家會不會怎樣？」阿凱心驚膽戰，「兩件事我都在場，我一定會被抓去關啦！」

「人又不是你殺的，怕什麼？」大隻無力的支持。

「那警方要是查到我們這裡來，我們要怎麼說？說陳莉文真的出現，把道士跟她爸媽吃掉了？」

眾人面面相覷，找不到一個共同答案，阿呆根本沒時間管這檔事，他跨上腳踏車，吆喝王羽凡坐上來，他們得快點找到李如雪。

越快找到源頭，就越快能知道事情的原委，也能越快把羽凡身上的謎團解開。

「羽凡，你們要去哪裡？」阿凱追了上來。

「我們要去處理這件事，你們快點回去！」王羽凡回頭喊著，阿呆一踩腳踏車，就直往前行。

眼睜睜看兩台車遠去，校門口忽然只剩下他們三個人。

時值初冬，隨便一陣風颳來都冷颼颼的，學生們僅僅相互交換眼神數秒，立即火速衝向自己的腳踏車，跨坐而上，往前追上王羽凡！

不管怎麼樣，跟著風紀絕對沒問題吧？而且旁邊那個小瓜呆頭的矮冬瓜看起來超威的，現在要他們騎夜路回家更可怕，跟著他們應該比較好吧？

三個人有志一同，加速跟上阿呆。

「咦？」王羽凡錯愕的看著後頭追上的腳踏車，「他們跟著我們幹嘛？這條又不是回家的路。」

阿呆抽空回頭瞥了一眼，唉，肯定是不敢騎夜路回家，橫豎找個伴。

「他們會怕吧？」班代並行騎在一邊，「要他們就這樣回去，恐怕路上又跑出什麼東西！」

「喂……他們有三個人耶！而且幾乎都同路啊！」王羽凡搞不懂，暗自咕噥。

「不是每個人都像妳沒神經！」阿呆由衷的說出了判斷。

「喂！沒禮貌！」王羽凡重擊了他的背部，「我很纖細的好不好？我只是懶得去想那麼多！」

「咳咳咳——妳想把我打死嗎，王羽凡！」阿呆故意咳得很誇張，好像快把內臟咳出來似的。

王羽凡努了努嘴，就討厭阿呆總把她當男孩子看！

她是個普通的女生，只不過學過柔道，動作俐落了點……個性大而化之又不是錯，為什麼就不能把她當女生咧？

她好喜歡好喜歡阿呆耶，這種程度的纖細她也是有的，當朋友這麼多年，經過好幾次的出生入死，感情有增無減，她卻完全不敢表態……因為她不知道，阿呆對她是怎麼想的。

要是跨過了那一道藩籬，卻搞得連朋友都做不成那該怎麼辦？

唉，一次又一次錯過告白的機會，她發誓，要在高中畢業那一天跟他告白，無論成敗，一定要把這份心意說出口。

當然，現在不是想這種事的時候，先把她會夢遊的事搞定再說吧！

「你們很無聊耶，幹嘛不回家？」王羽凡看著追上來的林孟萱。

「陪、陪你們去啊！」另一邊的大隻尷尬的笑著，別瞧他人高馬大的，他很膽小好嗎？

阿呆冷冷一笑，誰陪誰啊？他加快速度往前騎著，這票同學根本不知道他們要去哪裡，等到了目的地，可能會更加驚嚇！

一個小時後，車子停在四下無人的亂葬崗時，三個同學再度瞠目結舌、臉色蒼白的望著那片荒野，路燈閃爍、月黑風高，附近又有好多狗在吹狗螺，嚇得他們直打哆嗦——亂葬崗耶！

「到了，我們要上去一趟！」王羽凡看起來很輕鬆的說著，「你們就在下面等好了，幫我們顧車子。」

「車、車子放在這裡不會有人偷吧？」阿凱戰戰兢兢的環顧四周，是有魔神仔會來偷這玩意兒吧？

「說得也對厚！」王羽凡逕自走在一小尊土地公像前，「先來拜一下！」

一見她雙手合十，誠心膜拜，林孟萱他們也趕緊有樣學樣，開始祈求天上神明保佑，不要再出現同學吃心這種事了！

「王羽凡，妳幹嘛？」阿呆走了過來，「我們是來找人的，不必拜啦！他們不會動我們的！」

「是喔！」王羽凡訝異的望著阿呆，「哇，有關係就是不一樣耶！之前沒關係時非拜不可，現在走後門都不必這麼麻煩。」

阿呆忍不住笑了出來，虧她能想到這種連結。「你們幾個，拜一拜再上來。班代，麻煩你！」

班代點了點頭，走到林孟萱他們身邊，教他們怎麼跟土地公報備，先說自己是誰，要來這裡叨擾一下，請土地公允准。

所有學生當然照做，事實上他們有滿腹的疑問，好想問這個大胖呆跟小瓜呆。

前頭的人影一翻身就上了土墳，這兒是有名的亂葬崗，有年代久遠的、也有近期的，全是無主墳，有時候一些兇殺案的屍體也會隨便往這兒埋。

「廖雅倩！」一上墳頭就喊了鎮守這兒的鬼靈之名，同時也是王羽凡之前的同班同學。「這裡是萬應宮！」

阿呆腳下的墳頭倏地竄出一隻骷髏手，指向了東北東的方向。

王羽凡嚇得趕緊摀住嘴，她差一點點就尖叫出聲了。

那隻手就這樣突出墳外，像個指示牌一樣，跟上的班代也順著那方向去，只是後頭的林孟萱立刻竄到阿凱懷裡去，瞪大眼珠子，指著那隻手。

在骷髏手指的方向，一個偌大的墳頭那兒，阿呆看見了一群鬼靈。

幾個都是高中生模樣的鬼靈聚集在一起，他們或站或坐或飄或在空中舞著，全數聚集在一起，可惜看起來一點兒都不歡樂。

『你總算來了！』冷諺明沒好氣的抱怨著，『我們都快急死了。』

「出事可以告訴萬應宮啊！」阿呆蹙起眉，這群小子死了以後還是一樣任性。

『怎麼說？這幾天都沒有祭祀啊！』豬頭一臉哀怨，抬頭看向王羽凡。『羽凡！好久不見！』

「嗨！」王羽凡看著他們，心裡百感交集。

這群都是之前跑去挑戰試膽傳說的同學，現在卻全部以鬼靈之姿，出現在她面前；而這些同學，是她曾經以為都能活下來的人。

『咦？那是林孟萱嗎？』鄭欣明飄在半空中，指著後頭走上來的學生們看。『天哪！阿凱跟大隻！』

此話一出，所有鬼靈紛紛往同學那兒看去，而林孟萱他們則是嚇得止住步伐，因為他們看見了已死亡甚至還在失蹤的同學們，全部飄在半空中望著他們。

「哇……」他們全身不住的顫抖，這票同學又是來幹嘛的！

「他們現在貴為鬼靈，幫忙鎮守一個邪蠱，所以別擔心。」班代適時的補充，好讓這群腿軟的高中生能夠心安……雖然效果不是很大。

『鬧同學會嗎？』無主墳頭上的墓碑突然突出了一張臉，宛若雕像般精緻。『林孟萱他們身上怎麼有股邪氣？』

「剛剛有兩光道士在學校作法，把獻祭咒當成召喚咒，意圖召喚死者的亡靈現身……結果是召出來了；但亡靈把道士跟她的父母全吃了。」阿呆指了指胸口，「只吃心臟，還提到死而復生！」

『學校？誰死了？』短頭髮的阿才詫異問著。

「陳莉文，她早上跟保健室老師一起死在保健室，可是她的心臟不見了。」王羽凡餘音未落，下方忽然傳然一陣哭泣聲。

眾人視線紛往下，美麗的女鬼就坐在墳上，哭得泣不成聲。

烏黑長髮，透白的肌膚，即使已是鬼魂，依然美麗纖細的李如雪，梨花帶淚的仰頭看向大家。

『我就早就說過，我的遺體被褻瀆了！』她嗚咽一聲，哭得傷心欲絕。

「遺體被褻瀆？什麼意思？」阿呆立即轉向其他鬼靈。

『之前發生的事，有一天聚會，如雪她突然說她的遺體沒有下葬，被人褻瀆了！』之前是小流氓的冷諺明依然是頭兒，現在手拿著書，滿臉書卷氣，倒是讓阿呆挺不習慣的。

『我們想去查探，可是被阻隔在外。』鄭欣明柔聲說著，『派出去的孤鬼都沒回來，害得我們也不敢進去。』

「連你們都不敢進去？」班代倒是相當詫異，「阿呆，你不是說他們現在在這塊地盤上很大尾嗎？」

「是很大尾，但是強中自有強中手，一山還有一山高！」阿呆蹲下身子，眼神瞟向冷諺明，他果然意會的鑽了過來。「你那間藏書室的書靈怎麼說？」

『有一本書被借走了。』他低低的回著，『而且一直沒有還回來。』

「多久了？」

『好幾十年，書靈們曾經很緊張，但因為沒發生什麼大事，它們也就漸漸淡忘，直到最近——』冷諺明頓了頓，『好像又開始了。』

「書名？」

『《返魂之術》。』

阿呆臉色瞬間蒼白。

冷諺明忽然挑起一抹笑，『阿呆，你有沒有思考過我臨死前跟你說的話？』

報應，冷諺明臨死前對著他大吼——難道你以為不會有報應嗎？

因為最後必須選擇一個人犧牲，他封住了冷諺明的生路，保下王羽凡。

阿呆倒是從容的回以笑容，他沒興趣跟這個鬼靈犯沖，只是自然的聳了聳肩，兩手一攤。

「船到橋頭自然直。」他再瞥向哭泣不止的李如雪，「李如雪，妳有回去墳地看過嗎？」

她拚命搖著頭，淚水亂飄。『裡頭是空棺，我比誰都確定我的遺體被褻瀆了！』

王羽凡聞言，心都揪成一團，這群同學雖貴為鬼靈鎮守八卦陣，但那也代表在下一批白目試膽前，他們都不能離開這兒、升天或是投胎；現在才剛成為鬼，卻連遺體都出事。

「還是我們去跟妳爸爸說？」李爸爸這麼疼愛女兒，不會坐視不管的。

「不，我看八成就是李爸爸搞的鬼，不然誰有辦法碰到他寶貝的屍體？」阿呆凝視著李如雪，就等她一句話。「妳說呢？」

李如雪緊抿著唇，難過的點了點頭。

『爸爸被蠱惑了！我托不了夢，我沒辦法接近他，爸爸希望我死而復生！』李如雪倏地抓住了阿呆，『他只是太愛我，拜託你不要傷害他！』

「這得看情況了。」阿呆不給承諾，事實上這裡的鬼靈都知道，當為了大眾時，阿呆是不惜犧牲任何人的。

他們就是因為這個理由才變成鬼靈鎮守在這裡，因為他們的好奇試膽差一點害死幾十萬人，因此阿呆才犧牲他們。

『我那邊的小鬼確定有看過李如雪的身體在路上走。』豬頭終於出聲，『我沒看見，但是鬼魂們都很怕那個李如雪，說邪門得很。』

「返魂嗎？」阿呆沉吟著，「但是李如雪現在魂還在這裡，李爸爸是返誰的魂？」

『幸好我變成鬼靈，擺脫了跟遺體間的關聯，否則我早就被牽連進去了！』李如雪抽泣不已，『那身體裡面不是我，可是爸爸不知道，那東西好邪，連我都畏懼。』

「所以有外來的孤魂野鬼附在李如雪的身體上面嗎？這說不通吧？」班代提出了異議，「李如雪跳樓身亡後就只是一具屍體，怎麼可能附上死掉的身體？」

「如果……」身後的大隻忽然出聲，「是她生前就附著呢？」

所有人，包括鬼不約而同的回頭往大隻望去。

他們三個人幾乎插不上話，但是卻很專注的傾聽他們之間的對話，稍微瞭解失蹤死亡的同學現在在做什麼，而且關於李如雪跟李爸爸的事情，他們最清楚了！

「因為李如雪在跳樓前，不是很怪嗎？我就坐她隔壁，她上課不斷喃喃自語，一直在筆記本上亂寫亂畫。」大隻怯生生的回想當時的事，「而且叫她都沒反應，有一次還用很可怕的眼神瞪我！」

如果……在李如雪還活著的時候，有東西附在她身上，當她跳樓身亡後，因為規則的關係，李如雪必須接替上一個鬼靈成為八卦陣的一環，而那個潛伏在她體內的靈魂也就順理成章的接收了身體。

「很像中邪之類的，我媽說，李如雪那個樣子就是阿嬤他們口中的中邪！」阿凱也附和，「加上她莫名其妙的跳樓自殺，不是很怪嗎？」

所有人再次望向李如雪的鬼靈，她圓睜雙眼，看來像是在回憶生前的事情。

『我跟著羽凡去竹林之後，只覺得好可怕好可怕，然後把錯誤都推到羽凡身上。』她有點尷尬的瞥了王羽凡一眼，『後來我就半夢半醒，有時候沮喪，有時候快樂，可是大部分的時間我都在生氣，為什麼生氣卻不清楚。』

「有人控制妳的身體嗎？」

李如雪搖了搖頭，『不算，但是現在回想起來，的確有另一股情緒在干擾我——有人在我的身體裡。』

阿呆重重的嘆了口氣，閉著眼睛想，都可以猜到是誰！

「該死！」他低咒著，雙拳握得死緊。「她在竹林裡就被附身了！」

「竹林？」王羽凡倒抽了一口氣，「這麼早？可是在竹林裡是被——」

不只是她，連班代都瞪大了眼睛，早在一開始就在竹林裡被附身的話，那唯一的可能性只有一個。

就是那個邪惡的金錢蠱！

源自數十年前一個無辜的少女，她被富商買下，以為自此可以過著榮華富貴的日子，誰知富商早已窮途潦倒，聽從傭人的話打算培養金錢蠱，以庇佑錢運亨通！所以她在新婚之夜被活埋進大宅後的竹林裡，四肢被綁縛不說，身上還被利刃劃了幾刀，待紅血滲出便扔進洞裡，扔進一堆蜈蚣相伴，最後倒進銀兩，再以土掩埋。

她掙扎嘶吼，尖叫聲響徹雲霄，但是沒有人聽見、聽得見的傭人也不敢吭聲；蜈蚣一寸寸啃咬她的身體，她的怨念果然化成金錢蠱；但這個蠱沒有保佑任何人，大宅隔天被火燒盡，富商窮途潦倒，其後所有住進那大宅的人全數死亡，從此成了被詛咒的地方，那塊竹林也成了禁忌之處。

爾後，萬應宮某代高人出馬封印住竹林，但少女的怨氣過重，無法輕易淨化，只好以封印的方式，讓她困在那竹林裡繼續腐化，無法離開為惡；數十年來多少人進入竹林而死於非命，但是少女依然無法離開。

一直到一個多月，冷諺明一行人跑去試膽且沒有請託神明保佑，他們成了第一批無神明加持的試膽者，少女堂而皇之的附在李如雪的身上，離開了竹林。

「蠱的本體在裡面，她怎麼可能出來？」班代跟著萬應宮作一些基本修鍊，常識懂得不少。「她不可能脫離蠱而自行活動的！」

「說的也是，但我想不到其他人……」阿呆深吸了一口氣，「她可能分出一部分的蠱，寄附在李如雪身上！」

王羽凡絞著雙手，所以那天晚上她推著李如雪離開竹林時，不是她走不動，而是因為她已經被附了身？所以一時沒有意識？

「我怎麼這麼遲鈍！那時就應該發現的！」王羽凡暴吼一聲，自責不已。

「現在想這些都沒有用了！」阿呆轉過去看向冷諺明，「冷仔，麻煩你回去問你們那裡的書靈，誰看過《返魂之術》那本書，麻煩默寫一下大概！」

冷諺明點頭，事到如今，也只有這樣的法子。

「復活的冒牌李如雪不知道在進行什麼，她好像想要讓一堆人復活，包括今晚的陳莉文也在提這件事。」阿呆回憶著陳莉文生食人心的模樣，八九不離十。

「什麼？那多可怕？難道最近意外喪生的人會一個個復活？」大隻倒抽一口氣，那還得了！

「不會，還是要透過術法好嗎？剛剛你們是因為臨門一腳時離開法陣，才會安然無事，記得嗎？」班代趕緊安撫他們，「這不是那麼容易，還非得有兩光道士幫忙設置那個法陣不可。」

「吃人心可以復活嗎？」王羽凡不安的問著。

「說不定……李如雪復活後看起來就是一個人，我很憂心她會為非作歹。」

「妖蠱的怨念極深，她一定在盤算什麼……」阿呆迅速的瞄了王羽凡一眼，但是沒有被發現。「我們先離開，我得回萬應宮跟我爸講一下這件事。」

班代立刻往前走，引領著林孟萱他們先行，阿呆跟鬼靈們道謝，再三請託他們留意，吆喝著王羽凡離開。

『阿呆！』冷諺明突然叫住了他，『你要記住，我們只是八卦陣的一員，沒有多大的力量可以阻止大事。』

阿呆望著他，微微頷首。「我知道了。」

他旋即瞥向王羽凡，竟拉過了她的手，緊緊扣著。

返魂之術，需要什麼？他在心裡頭想了千百萬遍，不可能畫個陣唸幾句咒語就可以讓死人復活，一定需要祭品，更別說李如雪的身體裡是妖蠱，要成為一個正常的人，沒那麼容易。

他現在很擔心，羽凡頻出狀況，就是因為返魂之術。

對血的渴望，不惜拿刀意圖殺死媽……那不是她，但是她因為某個原因而喪失自我。

『危——險——』拔尖的聲音忽然自身後傳來，大家倏地往回看，只見墓碑上的人臉扯開嗓子嘶吼。『放——肆！』

餘音未落，大地竟忽然震動，腳下一座座無主墳爬出了深埋在地底的軀體，有早已是白骨一具的、也有爛到一半的，每具屍體俐落的自土裡爬出，就近的直接扣住了大隻的腳。

『活下去……』屍體們的聲音迴蕩，『我想要活下去……』

有具骷髏半身還在土裡，雙手卻抓住王羽凡的腳踝，不知是意圖爬上來，還是想把她拖下去。

「哇呀呀！」她急得又叫又跳，硬把那雙手踢斷。「走開啦！」

『活下去……』屍體們搖晃著森白的手骨，直往每人的心窩捅。

班代見狀，立刻以身體撞擊白骨。「護住心臟，他們想要挖心！」

咦？阿呆一陣錯愕，又挖心？這群都爛光的死人難道也想復活？

「廖雅倩，這裡好歹是妳的地盤吧？怎麼放任這群死很久的傢伙造次！」阿呆低身閃過右斜後方撲上的白骨，害得人家一個踉蹌向前撲倒，碎成一段一段。

『有人在控制他們，我制不住！』廖雅倩不爽的回吼，『還鼓勵我也可以試著死而復生咧！』

王羽凡深吸了一口氣，左方一隻手竄出，她瞬間握住，直接過肩摔到山下去！她得慶幸這兒都是森白的骷髏，只要把它們弄碎就會失去行動能力。

「哇呀！哇呀！」林孟萱不停尖叫，跳到阿凱身上緊緊抱著他，阿凱也只能左打右打，反正護住心臟再推倒噁心的骷髏就好了。

亂葬崗的屍骨眾多，雖然能輕易拆解他們，但是卻根本下不了山，眼看上來的白骨越來越多，說不定一個閃神真的會被挖去心臟！

對阿呆而言，他覺得這是一個警告。

有人在告訴他們，她可以讓任何人死而復生，今天能夠讓這無主墳的屍體爬出來想要復活，也可以讓全縣市墳墓裡的死人都爬出來！

他往下頭看去，果然看見一個穿著白色洋裝的女孩身影，正仰望著他們。

幾道白影倏地衝上前，分別團團圍住阿呆、班代，以及幾個高中生，像是保護層一樣，俐落擋下白骨們的攻勢，也順便將它們往山丘下掃。

「快走！」阿呆喊著，是冷諺明他們以鬼靈之姿護住他們。

班代立刻快步往山丘下走，踏過一個個有窟窿的墳頭，他們終於在保護下到了馬路邊，而鬼靈們一確定他們安全後，群起向上解決那群白骨。

阿呆一跳下來，立即搜尋女孩的身影，卻撲了個空。

是李如雪嗎？那麼遠他沒瞧清楚，但是妖氣重重是不言可喻了。

「妳騎，我要打電話！」阿呆把腳踏車交給王羽凡，「我得叫人送妳同學回去！」

三個高中生全身而退，只是一個晚上折磨下來，他們都已經嚇得傻了。

「我們……我們可以把今晚的事講給同學聽嗎？」林孟萱雖然得扯著阿凱的衣服才能站穩，「至少把李如雪的照片，分給大家看。」

阿呆略微驚訝的望著她，然後給予讚許的笑容。

「對厚，這樣如果有壞東西附在她的身體上，大家就不會被騙了。」

「就算人家說我們是神經病也好，至少講出來後，大家多少會有戒心！」

一個個還鐵青著臉的同學相互應和，阿呆輕聲說了謝謝。

眾人紛紛跨上腳踏車，得先跟著阿呆走一段路，再跟萬應宮的人會合，送這三個人回家；他們一晚上接觸太多東西，阿呆怕妖蠱會找他們麻煩。

王羽凡跨上腳踏車，微微皺了眉，身後的人坐穩後，便開始踩動。

「阿呆……」

「嗯？」他正在撥電話。

「你的腳踏車好矮喔，超難騎的！」

「……腿長了不起喔！」

—第五章　蓄勢待發—

老婆婆緩步走在泥徑上頭，這根本算不上路，只是有人常常行走，把草踏平了，硬是走出條路來；不過路是人走出來的，這句話倒一點也不假。

她越走越擔心，兒子怎麼會搬到這種荒郊野外來呢？又往裡走了一會兒，發現那兒竟有一大片的竹林，泥徑消失了，只剩下眼前一整片竹林。

「怪了……這我是不是來錯地方了啊？」老婆婆自言自語，卻聽見竹林裡有聲響。

不一會兒，有個人影走出，面帶著溫和的笑容。

「媽！」瘦削的男人走了出來，喜出望外的喊著。

「哎喲！你真的住在這裡？」老婆婆擔憂的往黑壓壓的竹林裡看，「這裡有地方住嗎？」

「當然有！很清幽呢！」李家華帶著年邁的母親，進入了竹林。

這兒是產業道路邊的一小塊空地，很少人知道，竹林裡也有條羊腸小徑，說穿了也是他削掉了不少竹子製造出來的路，直通後頭的一片空地；走在竹林裡挺幽暗的，陽光射不進來，氣溫也就特別的低，要不是兒子在側，老婆婆只怕打死都不願走進來。

等快走出竹林時，終於柳暗花明又一村。

一間竹屋呈現在眼前，屋子架高於地面一公尺高，但看上去簡樸雅致，讓老婆婆眼睛一亮。

「這裡是……」

「我蓋的。」李家華炫耀般的指著竹子搭建的屋子，「雖然很簡陋，但住起來挺不錯的！」

「哎哎，是很不錯呢！」老婆婆繞著屋子周圍看，後頭是絕壁，前頭就這片大空地，竹林就像是圍籬。

只是屋子架高於地面之上，下方卻又用許多竹板遮蓋住，害老婆婆有點好奇，而且這裡……好像灑了很多香水似的，有股不自然的濃郁香氣。

「這底下是……」

「啊，怕淹水濕氣重，所以把屋子架高比較方便。」李家華立刻摟過母親，「先進來坐坐。」

「好好……啊你工作呢？都從這裡出發嗎？」

李家華空白了兩秒，才點點頭，事實上很多事情不需要讓母親知道。

母親已經七十幾了，固定會來探望他，最近頻率稍稍頻繁了點，因為她知道他有多疼愛如雪，如雪意外身亡後她就很擔心他會情緒崩潰。

事實上不會，因為他的如雪還活得好好的呢。

進入屋裡，在冬季的確稍冷了些，但是放了台鹵素燈，倒是挺溫暖的；屋內的陳設非常簡單，就只有簡單的沙發、桌子，跟電視而已，連廚房也沒瞧見。

讓人擔心的是，如雪的牌位呢？

「就這樣？」老婆婆憂心忡忡，「你一個人這樣怎麼過？連個爐子都沒有。」

「有啦，媽，我用卡式爐煮飯，不然就吃外面，很簡單的。」李家華扶著母親坐下，「我泡杯茶給妳喝。」

「喔，好好……」老婆婆點了點頭，注意到身後還有一個隔間。

她回頭，李家華神經立刻緊繃。

他從桌上倒茶，可以感受到母親背後的竹縫裡，有雙眼睛正在偷窺這一切。

「媽，喝茶。」他把茶杯遞上，趁著母親低頭時，對著牆擺了擺手。

老婆婆喝了口茶，不安的環顧四周，終於開了口。

「你還好吧？」

「嗯，一切都好。」李家華這麼說著，顯然他沒有意識到自己究竟瘦了多少，臉色有多難看。

「那個……如雪的牌位呢？你怎麼沒一起搬過來？」

李家華頓時哽住呼吸，他皺起眉頭思索，他沒有想到這個問題，因為如雪還活著，怎麼需要那種觸霉頭的東西！

「我收在房裡。」他隨口胡謅。

「啊，就這房間嗎？」老婆婆指向身後，跟著回頭望著。

「是啊……媽！」李家華忽然正色，嚴肅的看著她。「媽，那間房間，妳絕對不可以進去！」

「啊？」老婆婆非常錯愕，不過想想，兒子都幾歲的人了，她進去幹什麼，於是點了點頭。

屋外突然傳來擊打聲，李家華如驚弓之鳥般跳起，他緊皺起眉心，表情兇狠的拿過門邊的鐵棒，猛然的打開門。

「可惡！又是那群死學生！」他挽起袖子，回頭瞥了母親一眼。「媽，您待著，千萬不要動，我等一會兒就回來！」

他不知自己神色猙獰，連當母親的都心驚膽戰！

怎麼會這樣？她當然知道兒子有多寶貝唯一的孫女兒，當如雪跳樓自殺時兒子憔悴得不成人形，但是再難受，也不會變成那副模樣啊！

他瘦得不成人形，而且印堂發黑，雙眼血紅，剛剛還露出那種猙獰相貌，這根本是中邪了吧！

到底是怎麼回事？兒子怎麼會變成這樣？

喀噠。

她身後的房間有聲音傳來，愣了一下，家華不是一個人住嗎？怎麼裡頭有人？

小偷……不，難道是有伴了嗎？

老婆婆站起身，緩緩往房間走去，隔間前有一個小廊，她站在房門口，看著房門關著，的確也不好意思擅自打開。

往左手邊看過去，像是廁所的樣子，她移動腳步緩緩的走了過去。

一步，滴答，兩步，滴答滴答，三步，滴答滴答滴答滴答。越走，就覺得怎麼好像聽見了水滴聲。

她走到廊底，才發現原來還有兩間房，感覺都很像是廁所，有一間特別小，在角落，像是擴建出去的，站在走廊上是瞧不見這間的。

她摸索著開關，啪的燈亮了。

扭開門把，剛好與一個女孩四目相交。

女孩全身赤裸的自天花板倒吊而下，胸口有一個深黑的大窟窿，裡頭沒有心臟，頸子被切了一刀，鮮血全流到了她身子底下的桶子裡，殘餘未流盡的血，正滴答滴答的落著。

「阿嬤。」少女的聲音在身後響起，「爸不是叫妳不要亂走動嗎？」

老婆婆倏地轉過身，眼裡映著不可能出現的孫女——如雪！

※　※　※

「媽？」

推開門的李家華沒在椅子上瞧見母親，臉色瞬間刷白。有幾個國中生喜歡到竹林前的空地打棒球，每次都吵得要死，他才準備傢伙去驅趕他們。

好不容易把他們嚇得落荒而逃，可是媽呢？

不好！他嚇得鬆開鐵棒，直直往走廊衝去，果然在廊底瞧見老人家癱軟的身子！

「媽——」他撲了過去，老人家的胸口已然有一個窟窿，心臟消失了。

「誰叫她要亂看。」潔白的雙腳站在李家華面前，「我先殺了她才取心臟的，放心好了，不會太痛苦。」

李家華不可思議的抬頭，看著一臉漠然的李如雪，鮮血殘留在她的嘴角，她正舔著剩餘的血。

「如雪……她是妳阿嬤啊！妳怎麼可以連她都……」不！不不！

「這麼老的心你以為我喜歡吃嗎？我要吃活生生的，還在人體內的心臟！」李如雪一腳將李家華向後踹倒在地，「要少女的心臟、或是有靈力的人的心臟，我已經快沒有辦法維持人形了，你還在這邊給我五四三？」

李家華惶恐的望著自己的女兒，不，這不是他的如雪，他的女兒才不會這樣對他說話！

「最近萬應宮巡邏得很勤，我們沒有辦法一直找心！」他喃喃的說著，「那個王羽凡身邊也沒有人受傷，她應該要幫妳尋找食物的！」

「她的工作不是幫我找食物，那是你的工作！」李如雪氣急敗壞的一腳再把李家華踢倒，赤腳踩在他的咽喉上。「你希望我再度腐爛嗎？你希望我變成可怕的樣子嗎？」

「……不……」淚水流下李家華的眼眶，「可是妳也不該殺死阿嬤啊！」

「她看見吊在裡面的屍體了，不然咧？放她出去四處嚷嚷！」李如雪皺起眉，用力踹了李家華的肚子一腳。「你這男人真是囉哩八唆！」

她哼的一聲轉身而去，她肚子餓了，已經隔了半個月以上，沒有好吃的心臟來維持她的力量了！

也沒有白痴道士再接受獻祭文，上次那個道士的死引發了軒然大波，都是萬應宮介入，才害得她沒有得吃。

「陳莉文！」她走出竹屋外，厲聲喊著。

竹屋底下，匍匐出一個鬼怪的生物，她虛弱的爬行而出，身上散發劇烈的惡臭，肉泥掛在身上，正一條條的潰爛中。

「厚，妳怎麼一點美感都沒有？」李如雪嫌惡的看著她，「看妳這樣子，也不可能幫我找心臟了對吧？」

『……妳不是說，可以讓我復活嗎？可是妳看看我這個樣子……』陳莉文邊說，一口汙血吐了出來。

「好啦，我再帶兩個心臟給妳吃，接下來就靠妳自己了。」李如雪回身進屋，不一會兒穿著外套而出，裡頭的李家華追趕出來。

「如雪，妳要去哪裡？」

「我要去找食物了。」她回首，冷冷的瞪著他。「男人就是沒一個可靠的！」

「不行啊，妳這樣出去萬一被抓到怎麼辦？」

李如雪得意的笑了起來，她哪會怎麼樣？

她還有王羽凡呢！

※　　※　　※

李如雪的父親宛似人間蒸發，完全找不到人，警方問了許多鄰居，只說李家華變得行徑怪異，有人瞧見一天夜裡他把一堆東西搬上車，此後就再也沒見過人了。

故居還留在那兒，因為那是李家華所買，因此也沒人看管，只是之前有人投訴聞到惡臭，但里長屢次敲門無人應，打手機也聯絡不上李家華，事情變得不了了之。

因為校園喋血案，警方拿到搜索票後便進入李家，結果在李家後院深處，發現可怕的屍橫遍野；多具屍骨在一間暗房裡，最可怕的是那些屍體都只剩骨頭，並非自然腐化，而是有人將肉取下。

屍骨四散，據警方統計有多達十數名的死者，在倉庫裡也找到這些死者的身分；有推銷羊奶的、有傳教士、有水電工人，也有許多保險業務員，全數死於非命。

就他們身上的工具與證件，再比照失蹤人口，果然一一清查而出；嫌犯非常狡猾，他盡量找外縣市的人，搜查起來會比較吃力，至於水電工他也是叫隔壁鎮的人，到了原本約好的地點再輾轉帶他回來。

時間不是正中午就是晚上，鄉下人睡得早，很少人發現。

現在所有命案都算在李家華頭上，包括少女挖心案當晚，其父母、校警及道士等四條人命，也一併計算進去。

萬應宮當然不這麼想，更別說阿呆他們親眼目睹陳莉文的復生，他們正準備前往竹林，將源頭摧毀。

只是幾十年前萬應宮不是沒試過，聽說死傷慘重，幾個婆婆的丈夫就是死在那次行動中，還有許多弟子的父母親也葬身在那片竹林的沼澤地中。

犧牲了這麼多人，最後卻沒能將金錢蠱徹底殲滅，僅僅只是封印；而數十年後的現在，又有多少勝算？

「太邪了，太邪了！」婆婆在廳前的木桌邊說著，「一進去就會被蜈蚣吞掉，我們連畫法陣的機會都沒有！」

「在裡頭被吞噬的人也都被蜈蚣指使操控，成山成海的向我們湧來，連逃都來不及！」另一個婆婆唉聲嘆氣，「我老伴就是急著把我推出來，才被一口咬死的！」

「而且那蠱邪門，不知道怎麼練的，會吸收我們的靈力！」最德高望重的婆婆開口了，「施什麼法都沒用，牠會吸收我們的法再還給我們，踏進那沼澤啊，根本是死路一條！」

阿呆輩分最小，站在一旁聽著，班代現在下課都往萬應宮報到，自然挨在他身邊……至於王羽凡，現在是重點約束觀察對象，兩個男孩自然是接她上下學。

嚴格說起來，連王家門口都有人在守著，以防王羽凡又夢遊出去。

「這樣說起來不就沒有辦法對付那個東西了嗎？」最不該開口的人喝著飲料，很好奇的舉手發言。

「咳！親愛的……」阿呆爸轉過身去看著愛妻，「妳要不要先進去看電視呢？」

「我才不要，發生了這麼大的事，我為什麼不能摻一腳？」她硬是擠到木桌邊，「照你們說的，進去靈力會被吸收、施法也被倒吸，還有成山成海的鬼會撲過來，上一代的人落到只能用封印的份對吧？」

幾個婆婆碎碎唸著，扁著嘴離開木桌，眼神示意阿呆爸快點把他老婆請走，這傢伙啥都不會，嫁進來十幾載了，連照著唸經文都會唸錯。

「老婆……」

「那我去呢？」她忽然指了指自己，「鬼不是都怕我嗎？我往竹林裡一站，他們應該要逃之夭夭啊！」

一瞬間，廟裡安靜下來。

幾十雙眼睛瞪著年近四十，卻還是很可愛的阿呆媽瞧，她擁有比常人都重的八字、比常人還硬的命、還有可怕的磁場跟靈光，光這些就足以讓方圓十里的孤魂野鬼全數退散，更甭說身邊有十數個守護靈……

「再不然，我還有一堆守護靈可以擋駕啊！」

『啊啊啊——』躲在角落的守護靈們抱頭哀號，共同瞪向紅衣女鬼，他們辛苦組了守護靈公會，應該派公會代表去跟主子談談！

紅衣女鬼立刻以哀憐的眼神投向阿呆，她是他乾媽，好歹一手帶大他……可是……

「那這樣說來，我也可以嘍！」王羽凡莫名其妙接了口，「我也沒有靈力，可是我有正氣啊！那些鬼想撲過來我就海扁他們，上一次我還在裡面踩斷一隻手呢！呵呵！」

幾十雙眼睛沒說話，左左右右的盯著兩個女人瞧。

的確，在場屬她們最沒有靈力，阿呆媽更是上乘一絕的絕緣體，如果由她進入竹林，扼制被操控的冤魂，其他人便可專心對付金錢蟲，問題是——

「請問一下，那誰來殲滅金錢蟲？」阿呆悻悻然的問著。

欸……阿呆媽跟王羽凡紛紛低下頭，這種事她們不拿手，還是別吭聲的好。

「等你表姊回來如何？」阿呆爸回著。

「不是會吸收靈力嗎？表姊力量這麼大，會不會反而讓金錢蟲壯大得更快？」

「是啊，她這個百年來靈力最強的人，要是被控制……」

眾人又開始你一言我一語，為了怎麼剷除竹林裡的金錢蟲，大家已經費了半個多月的心神了。

「為什麼不能把屍體挖出來直接燒掉呢？」

又是天外飛來一筆，班代很是疑惑的忍不住開口！這件事他之前就跟阿呆提過了，為什麼這麼大費周章？

果然這個提議又讓廟裡安靜下來，大家專注的望著他。

「一切都在蠱的本身不是嗎？把洞挖開，找到蠱的本體，放火燒掉就好了啊！」班代說得理所當然，「請消防車在外頭待命，確定金錢蠱死掉後再快點滅火就好了！」

哇……阿呆不由得張大了嘴，他這兩個同學真不得了啊，想事情的迴路雖然直接簡單卻有條理，他記得班代的確問過他這個問題：為什麼不挖出來燒掉？

是啊，這麼簡單的答案，他們竟然要想那麼久？

什麼法陣、什麼結界、什麼施以咒術，這些東西幾乎都可以不要，只要把本體解決掉就好了。

「可是蠱燒掉之後不代表生命終結，還是必須藉由法力摧毀它。」

班代聳了聳肩，這也不在他會的範圍內。

「那我就在外面施法吧！」後頭走廊上傳來有些疲憊的聲音，女孩走了出來。「在竹林外設下結界，就算金錢蠱逃出來，我還是能制住她。」

「表姊！」阿呆喜出望外，救星總算回來啦。

班代跟羽凡都見過阿呆的表姊，她是現在萬應宮的一代高人，百年來能力最高強的，現在在北部念大學，年紀輕輕，但已經斬妖無數。

連婆婆們都對她禮讓三分，往後退了數步。

「這附近瘴氣太重，事不宜遲，最好這兩天就解決。」她立即下令，「明天晚上，我們就來解決這隻金錢蠱。」

「是！」婆婆回話可大聲了，立即四散前去準備。

等廳堂裡只剩親人後，表姊才嘆了一口氣，找張椅子坐下，趕車回來，她快累死了。

「我下星期一就得回學校，拜託明天就解決，我報告多得很。」她無力的對著阿呆爸說。

「有妳出馬倒是沒什麼問題！」他笑吟吟的。

「哈、囉！」一旁跳出活潑的身影，「好久不見，給舅媽親一下。」

「妳閃開啦！」表姊一臉嫌惡，伸長了腳阻止阿呆媽的逼近。

「怎麼這麼冷淡嘛～」

「滾開！」表姊逕自看向阿呆爸，「舅舅，基本的你要教你老婆喔，明天晚上就靠他們了！」

「呵呵，看吧！我還是有用的！」阿呆媽興高采烈的說著，一蹦一跳的往後面去。「我去找阿婆她們，看有沒有要幫忙的！」

「就是不要去幫忙……」表姊喃喃唸著，一雙眼忽然銳利的轉向王羽凡。

王羽凡正在跟班代聊天，直誇他什麼時候變得這麼厲害，連蠱都能對付！而且方法好簡單喔，原來根本用不到太高深的法術，只要把屍體挖出來就好了呢！

阿呆沒有錯過這一幕，他看著表姊原本看似慵懶的坐在椅子上，一隻腳還曲起來踩著椅子，但是那雙眼睛卻打量著王羽凡，似乎在她眼裡看見了不尋常。

「表姊。」阿呆上前，他沉著聲問。

表姊忽地伸出右手掌示意他停下腳步，不許他過來，眼神接著瞟向阿呆爸，站了起身。

「舅舅，有事跟你說。」她往內院走去，「不許跟。」

後頭那句說得很輕，但落得很重，那是對阿呆說的，令他不許跟上。

在親戚關係上或許他們是表姊弟，但是在萬應宮裡的倫理上，表姊的地位至高無上，即使是身經百戰如婆婆，即使是主持如爸爸，也都得讓她三分。

萬應宮有自己的倫理在，這個家族的血脈流傳已久，靈力代代相傳，在古時是巫家，在現在則自立宮廟。

靈力最高的人當家，過去當家者在與妖魔鬥法中喪失者多，現今則少，而且表姊目前是百年來靈力最高的一位，早在襁褓時期就已經展現出來，人人都很敬重她。

在表姊眼中，她看見了什麼？阿呆不由得緊握雙拳，為什麼她看羽凡的眼神如此警戒，那不是在看一個人的眼神……

像是在看一個妖物般的冰冷。

阿呆回首，羽凡跟班代還在笑鬧，受著羽凡的讚美而禁不住臉紅的班代被吹捧得有點得意了，其實他只是用直覺去想事情罷了！反而是身在萬應宮的他們，愛用規則去思考，卻跳脫不出框框。

「好了！你們別開心了，這不是去玩。」阿呆擠出笑容，「羽凡明天負責保護我媽……應該是不怎麼需要啦！班代，掘屍的工作就交給你啦！」

班代一怔，呆然的看向阿呆。

「掘、掘、掘屍？」他鼓起腮幫子，有點反胃。

「有靈力的都不宜進去，剩下的都是女的，當然是你啊！」阿呆正經八百的說著，「難道你要叫我媽挖嗎？那我覺得事情會搞砸，還是要叫羽凡……」

「我不要我不要！」好噁爛，挖屍耶！

「我、我……」面對自己的提議，班代第一次知道什麼叫啞巴吃黃連，有苦說不出。

「好吧！反正都死那麼久了，應該只剩一副骨頭了吧！」

前幾天才在亂葬崗上看過，沒什麼大不了的。

阿呆沒說，那個成為蠱的屍體，可能會比班代想像中的還要噁爛上幾倍……上百倍，也有可能根本不是屍體了咧！

返魂

※　※　※

產業道路邊倒著一台腳踏車，兩個少女的身影在路燈下拉得細長，一名少女攙扶著另外一名，吃力的進入小泥徑中。

「同學，妳還好嗎？我看還是叫救護車好了！」

「沒、沒關係！我只是有點不舒服，回家就有藥可以吃了！」

可是，這裡好陰暗吶……少女左顧右盼的，結果走沒幾步，眼前竟出現了一片竹林。

「這、這裡……」少女嚇得鬆開手，這裡怎麼可能住人！

她是在回家路上發現躺在路邊的女生，她穿著附近某高中的制服，臉色蒼白的說她有心臟病，突然發作卻沒帶藥，請她載她一程。

這位同學家在不遠處她才願意載她的，可是這裡，這裡根本是廢墟吧！

「啊！」病弱的少女因此摔上了地，「好痛！」

「妳是騙子對吧？我要回家了！」

「不，等等，我家……我家真的就在竹林另一頭……」少女苦苦哀求，此時突然燈光大作，幾盞吊在竹林裡的黃燈亮了起來，

這讓少女訝異的回過身子，果然可以看見竹林的另一頭有間屋子，燈火通明。

「如雪？如雪是妳嗎？」男人的聲音傳來，語調緊繃。

「爸……爸……」病弱少女伸起手，卻吃力的站不起來。

這讓高中女生心生愧疚，她怎麼把病人往地上扔呢？她趕緊上前將她扶起，然後走進竹林裡。

「先生，對不起！妳女兒發病了，倒在路邊喔！」高中女生邊說，一邊穿過竹林，只是不知道為什麼，她覺得好像有很多雙眼正望著她。

李家華也走進小徑裡，趕緊攙過李如雪。

「怎麼會這樣……同學，麻煩妳了！」他點著頭，先行攙過李如雪，而高中女生則拿著她的書包。

穿過竹林，是一片寬廣的庭院，架高的竹屋在夜色中看起來竟有幾分詩意。

她原本以為那個爸爸應該要把女兒抱進屋裡的，可是少女卻忽然停下腳步，就著竹編的階梯坐下，戳了戳她的父親。

「喔，對不起！」李家華迴身，「同學，書包……」

「喔喔！」她立刻把書包遞給李家華，只是覺得有點奇怪，為什麼坐在階梯上的少女，看起來神態自若，跟剛剛的病態完全不一樣。

「謝謝妳啦！特地送上門！」李如雪悠哉悠哉的雙手向後撐著，「吃飯啦，陳莉文！」

吃飯？女孩還丈二金剛摸不著頭腦，卻聞到噁心的味道，屋子底下爬出一個……應該是人的東西，她嚇得放聲尖叫，回身就跑。

可是陳莉文更快，她像跳躍似的向前撲倒少女，直直把她拖進了屋簷底下。

「哇呀——救命——啊——哇——」淒厲慘絕的叫聲不停的自屋子底下傳來，不過沒有多久，女孩的叫聲就停了。

李如雪身上的手機嗶嗶作響，她拿出手機，勾起一抹笑，再交代李家華去把外面那台腳踏車解決掉。

「陳莉文，要吃光光喔～吃完變好看一點啊！我們要去聯誼嘍！」

咂咂咂，屋子底下的陳莉文，正發出大快朵頤的聲響，像是欣悅的回應。

第六章　斬草除根

警車封街，閒人勿近，消防車則開到詛咒的竹林附近待命，甚至拉起了封鎖線，宛如在辦什麼大案子一樣的陣仗。

不過倒也沒有什麼民眾在看熱鬧，光看見外圍萬應宮的牌子，就知道要生人迴避，許多附近的住家乾脆打包住到朋友家去了。

「方老，有必要這麼誇張嗎？」幾個新進的員警根本搞不懂為什麼一間廟作法事，竟動用警察封街？

「萬應宮說要，就是有需要。」方老凝重的回應，「你們剛來搞不清楚狀況，另外幾個是沒遇過這種陣仗，但你們每個人都要記住，萬應宮只要有事要拜託警方，赴湯蹈火都得做到！」

「哇，這萬應宮是什麼來頭啊？」

「該不會是哪個院長的親戚吧？」

「唉，他們就只是一間廟，但是……萬一他們擺出這種陣仗要辦法會，就表示有東西在作孽！」方老嘆了一口氣，「如果是我，我還寧可他們永遠別找警方幫這種忙喔！」

有、有東西作孽？聽起來真可怕，他說的不是人、或是什麼歹徒，是「東西」呢！員警們聽得雞皮疙瘩都竄起來了，可還是搓搓手臂，趕緊聽方老發號施令。

警方被要求包圍在很外圈，竹林方圓五十公尺都不許接近，消防車也停在外圍，必須等到萬應宮的人說可以，才能開進去滅火。

沒有人有異議，大家只祈禱，這夜的法事別橫生枝節。

幾台車子由遠而近，警方立刻上前攔下，不過方老注意到車上插著萬應宮的宮旗，立即要員警後退。

「方老。」車窗搖了下來，阿呆爸跟方老打招平。

「您好，今夜就這幾台車嗎？」

「不。」坐在駕駛邊的女大學生開口，引起方老的注意。「舅，車子停在這裡，我們走進去。」

方老疑惑的望著說話的女學生，站到一旁去等待，幾台房車紛紛停在路邊，所有人下車步行；當他看清楚那個黑色齊肩髮的女學生時，不免大驚失色。

「糟糟糟！」他連唸了三個糟字。

「方老？」

「那是萬應宮的宮主啊！」方老的手禁不住顫抖，「連她都出馬了，這竹林裡果然有什麼駭人的鬼怪！」

此話一出，只是讓員警們膽寒而已，不過他們望著年輕的女大生，不禁懷疑只是個二十幾歲的丫頭，能有什麼力量。

「哈哈，方老！好久不見！」阿呆媽熱情的打招乎，火速上前來到方老面前。

「哈，好久不見……」方老尷尬的笑著，他當然認得，這是現在主持的太太，算是萬應宮裡最厲害的天兵！上一次在廟前幫忙給香灰，聽說連香灰爐都搞錯，氣得裡頭幾個阿婆火冒三丈，當場把她趕出廟外。

這種當口，這位小妻子來這兒幹什麼啊？

「阿呆。」表姊回眸，看向後頭那個年紀最小……最矮的高中生。

「是。」阿呆點了頭，立即上前勾住媽媽的手，往前頭拖去。班代跟王羽凡也加快腳步跟上，就只有他們幾個先往竹林那兒去，其他人留下來起壇。

緊接著幾個弟子上前跟方老交代，請員警們按照指示站好，當成一道人牆，誰也不能擅離職守。

外頭忙碌著，阿呆一行四個人終於來到了竹林外頭。外頭有一道乾涸的深溝，現今還塞著一台腳踏車，那是王羽凡的同學，阿才的腳踏車。

他是試膽的第一個犧牲者，在當晚試膽出現狀況，大家逃之夭夭時，沒人注意到他沒有逃出來。

「進去喔？」阿呆媽臨陣退縮，媽呀喂，這裡頭怎麼看過去超可怕的。

連班代都嚥了口口水，不安回頭看向阿呆。「你、你、你不一起進去嗎？」

「我有靈力，有危險。」他兩手一攤，上一次大概是時間太短，他也沒攻擊性，所以相安無事。

「我、我……也想考慮一下。」連王羽凡都覺得半夜的竹林好可怕喔。

「喂！你們的勇氣都到哪裡去了？」阿呆搖了搖頭，推著自己的媽媽往前衝。「媽，拜託，是誰該怕誰啊！」

阿呆媽一怔，說得對喔！到底是誰該怕誰啊！

她忽然直起腰桿，往上頭指了指。「我的守護靈都在嗎？」

「……都在。」瞪著妳。

「啊哈！班代，羽凡，你們放心好了，有我在安啦！」阿呆媽咯咯笑了起來，手裡提著兩桶汽油，一反剛剛的退縮姿態，一馬當先的走進了竹林。

「你走中間。」阿呆下一個把班代往前推。

班代眉頭深鎖，手上還拿著圓鍬，他莫名其妙是提什麼爛提議啊……牙一咬，為了成就大事，還是得衝！

殿後的王羽凡尷尬的看了阿呆一眼，手裡握著表姊特地「借」她的木棍，心驚膽戰的拉了拉他的袖子。

「我覺得啊……」

「進去吧！表姊借妳的東西別弄斷。」

「拜託！木棒？好歹也借根鐵的嘛！」她抱怨著，重重嘆了口氣，她不想去嘛！

阿呆雙手抱胸，盯著她瞧，那眼神像是在說：妳再不進去，我就推妳進去喔！

王羽凡扯了嘴角，不甘願的尾隨班代往竹林去。

進入竹林後，豈只陰風慘慘，腐臭味立時撲鼻而來，每個人都摀住了口鼻，乾嘔了一陣子，才打開手電筒映照著路面。

一旁顯現一個人影，是王羽凡再熟悉不過的同學。

「阿才！」她興奮的叫著，阿才報以微笑。

由他指路，一路來到一處寬大的沼澤。沼澤裡盡是腐葉與泥巴，阿才指了指裡頭，表示蠱在裡頭。

「這裡面我該怎麼挖？」班代望著沼澤，他以為該是一片土，或是丘墳？

「照挖吧，不然咧？再怎樣也不會有多深吧？」羽凡想拿木棒進去丈量，但是一想到那個冷冰冰的表姊，竟然有點畏懼。

沙沙……後頭明顯的傳來聲響，三個人紛紛寒毛直豎。

「阿、阿才？」王羽凡皺起眉，哭喪著臉看著同學。

『他們來了。』他說得稀鬆平常，還聳肩咧。

三個人回首一瞧，果然後頭有一堆泥人自土裡起身，每個身上都有一堆蜈蚣爬行，正衝著他們來！

「快挖！」阿呆媽大喝一聲，直直往前衝。

說也驚人，隨著她往前衝，那群幽鬼竟然跟著止步，然後帶著恐懼般的往後退卻！她往前一步，幽鬼退後一步，她往前跳兩步，幽鬼就往後跳兩步！

「哈！來跳探戈好了！」阿呆媽可樂了。

「真的有效……」王羽凡一掌擊在班代肩上，「就交給你啦！」

她操著木棍，直直往前衝，開始練起柔道，再用柔道的招式一一擊向那群魍魎鬼魅！

班代望著這片沼澤，媽呀，這要他怎麼挖嘛！可是看向那兩位女性同胞都這麼拚命，他也只得豁出去了。

圓鍬狠狠戳下，遇上一片軟土，他只得往上鏟，一鏟兩鏟，不到十鏟他就鏟到了一個柔軟的東西。

軟軟的，有些彈性，而且還有圓圓的頂……緊接著咕嚕咕嚕，沼澤竟冒起泡來。

兩根長鬚緩緩伸出水面，越來越長，班代向後退了兩步，開始覺得不對勁。

「羽、羽凡？」他手持圓鍬，越退越後面，而那兩根整鬚似乎沒到底，卻足足兩公尺長！

什麼東西，會有兩公尺長的鬚咧！

嘩啦——一隻巨型的蜈蚣，瞬間竄出了沼澤！

「王羽凡！」班代嘶吼著，全身被臭氣沖天的沼澤水淋成落湯雞！

王羽凡聽見了班代的叫聲，匆匆一瞥……再一瞥。

「啊、啊……阿阿呆媽？」她嚥了口口水，扯扯阿呆媽的袖子。

「幹嘛？我還沒趕完……」阿呆媽回身，也瞧見了一隻巨型蜈蚣，正緩緩從沼澤裡爬出來。

「哇——班代！跑！快跑！」王羽凡大叫著，那隻會不會太大隻啊？到現在整個身體都還沒出來耶！

班代哪等她叫啊，他早就往前跑，能跑多遠是多遠了，可是那隻巨型蜈蚣一趴，張嘴一咬，差一吋就咬到他了！

巨型蜈蚣迅速爬出沼澤，簡直像五十隻黏在一起的大蟒蛇一樣，疾速的朝班代奔去！那麼多隻腳，走起來快得嚇死人，阿呆媽在那邊狂吼，結果她的靈光對蟲毫無效用。

班代左閃右閃，王羽凡第一次發現原來再圓的人，逃命時還是挺敏捷的！

她奮不顧身的往衝去，隨手拔下某個死靈的頭骨，就往巨型蜈蚣身上砸去！

「喂！」她大吼一聲，果然吸引了蜈蚣的注意。

巨型蜈蚣轉向她，王羽凡才發現，這隻蜈蚣身上隱隱發光，它身上竟然層層裹著碎銀子、珠寶……等等東西。

當年少女被活埋時一起扔下的錢與銀子，果然都融為一體了，真不愧是金錢蟲啊！

巨型蜈蚣瞬間轉向，毫不留情的朝王羽凡追來。

「保護羽凡！快點！」阿呆媽對著空中大吼，幾個守護靈得令擋在前方，而鎮守當地的鬼靈阿才也踩上巨型蜈蚣的頭，勒令它回去。

可是蜈蚣根本不理不踩，它曲身尾巴一掃，竟然準確的傷到了守護靈！

「喂！那是阿呆的乾媽耶！」王羽凡看著紅影被掃掉，氣得火冒三丈。「你這隻噁心的蜈蚣，囂張什麼啊！」

大嘴對著王羽凡張開，她卻拿木棍當撐竿跳，一躍跳上巨型蜈蚣的臉頰，再狠狠的把木棍往那黑色如寶石般的眼睛裡戳刺下去。

白色的液體噴了出來，王羽凡閃避不及，腳上身上都被濺到了，那個氣味她不想形容，就是讓她直想吐罷了。

巨型蜈蚣痛苦的扭動，卻益加暴怒，它意圖甩下王羽凡，逼得她只得緊抓木棍，在上頭搖來擺去。

而班代也沒閒著，他趁著巨型蜈蚣專心對付王羽凡之際，早把帶進來的油灑在巨型蜈蚣身上，雖然淋澆不了全身，但半身也會延燒吧？

現在就差點火了。

火……班代摸摸口袋，啊誰會帶火在身上啊！

「幹得好！班代！」阿呆媽繞一圈衝了過來，看見他已經完成一半的工作，忍不住嘉許。

「快點火吧！」

「我沒有帶火啊！」

「啊？」阿呆媽愣愣的，「我、我也沒有啊！」

「哇呀呀——」手快滑掉的王羽凡尖叫著，「快點啊你們！鑽木取火也好啊！」

餘音未落，王羽凡被甩了出去，重重撞上一棵大樹，疼得她直不起身！還來不及站起來，一堆腐手立刻從從四面八方竄出，將她緊緊的壓在地上。

眼上插著木棍的蜈蚣飛快竄來，腥臭的大嘴張開，眼看著一口就要吞下王羽凡。

「鑽、鑽木取火怎麼鑽啊！」阿呆媽緊張的大吼。

啪嚓，一陣火忽然燒上了蜈蚣的身體，蜈蚣疼得直起身子，開始在地上扭動。

「鑽木取火咧……」阿呆手上竄燒的兩團火球，「羽凡都死八百遍了都還升不起來咧！」

「寶貝……哎喲喂呀！」阿呆媽原本想撲過去，但蜈蚣翻滾過來，嚇得她往旁邊閃呀跳的。

阿呆走近大樹時，那些腐手像隨著受傷的蜈蚣而退縮，王羽凡無力的坐在地上，痛得要命。

「走吧！」他伸出手。

「你不是不能進來？」她握住他的手，勉強站起身子。

「所以要趕快離開……」阿呆沉重的說著，這裡的氣場跟上次來時截然不同。「阿才！」

鬼靈飄了過來，一臉哀怨。

「那傢伙多久沒尖叫了？」據說金錢蠱不定時的會在土裡慘叫，以發洩源源不絕的恨意。

『很久了……』阿才幽幽的說，『就在如雪說她的遺體被褻瀆的那一天。』

阿呆蹙眉，因為這裡頭不如他上次進來的陰邪，那股逼人的妖氣蕩然無存，或許這隻快被業火燒盡的是隻蠱，但是妖氣卻不重！

「比想像的容易耶！」阿呆媽灰頭土臉的說著，超開心的。

「太容易了。」幾乎沒有什麼阻礙，就算有媽的靈光可以遏止死靈，但是那隻金錢蠱不可小覷！

這隻是她的本體，為什麼被業火燃燒卻毫無慘叫聲？那個少女呢？

「快出去！」阿呆心裡暗叫不妙，推著大家出去，巨型蜈蚣身上的火開始延燒至竹林，那是阿呆無法控制的部分，他沒辦法讓業火只燒在某個物體上……更別說，阿呆口袋裡放了個打火機，他變得無法隨時召喚業火了！

自從跟羽凡吵架之後，好一陣子都無法喚出業火；剛剛是羽凡臨危，情急之下才突然燃燒的！

一行人魚貫而出，卻赫見表姊站在外頭等他們。

「怎麼了？」她神色凝重。

「不對勁，我燒掉一隻蜈蚣蠱，但是沒有那個女孩的慘叫聲，也沒有那股妖氣！」阿呆搶在準備歡呼擊掌的媽媽之前開口，「這裡跟我上次來完全不是相同的氛圍！」

「果然……」表姊嚴肅的說著，眼珠卻瞬間瞟向了王羽凡。

阿呆瞬間領會，一個箭步擋在王羽凡面前。「跟羽凡無關！」

「她脫不了關係！」表姊直指了錯愕的羽凡，「她全身上下都是妖氣！」

妖……氣？王羽凡愕然的望向表姊、再看向阿呆，他們在說什麼？說的是她嗎？

「把王羽凡帶回萬應宮裡，我們一定要查出問題所在！」表姊俐落旋身，對著遠處大吼。「收工，讓消防車進來。」

「阿呆？」王羽凡緊張的拉住阿呆，他卻只是握著她的手，牽著她往旁邊退。

表姊拿過一疊符咒，用打火機點燃後，撒進了竹林裡，她低首喃喃唸著，至少要保住無辜被吞噬的靈體，不能被阿呆的業火燒得一乾二淨。

「你表姊剛剛說的是什麼意思？」連班代都禁不住問了。

阿呆不語，這不是他能回答的問題。

萬應宮的人上前了，一左一右的帶走羽凡，阿呆沒有阻止，也不讓班代阻止，因為他早就知道，羽凡身上有怪異的邪氣。

消防車進來了，開始滅火，警方撤掉封鎖線，萬應宮的人馬也逐漸撤離。

「等等。」方老忽然叫住阿呆他們，手裡拿著一疊報告。「陳莉文命案有些相關證據剛剛出爐了……」

阿呆爸立即上前，慎重的聆聽。

「王同學制服上的血有兩個來源，一個是陳莉文，一個是……保健室老師。」方老語重心長的瞥了他們一眼，「是高速噴灑血跡，證明老師被割喉時，王同學在場。」

「那不能證明是她下的手！」阿呆立即激動的反應。

「我知道，那天我們檢查過她的手，並沒有血跡反應，如果是她割的，血一定也會濺上手。」方老微微一笑，他瞭解護著同學的心情。「另外，就是陳莉文同學的傷口，被驗出有 DNA。」

「說。」表姊淡然一個字，她只聽重點。

「她的傷口附近全部都是唾液，連大動脈都有齒痕……像是被咬斷的。」方老深深做了個深呼吸，「DNA 驗出來，跟之前的一樁命案相同。」

「……」阿呆倒抽一口氣，「李如雪。」

方老倏地看向他，半句不吭，詫異的眼神卻像是說：你怎麼知道。

「萬應宮會處理。」表姊只說了這麼一句，跟方老頷首。「請警方支持。」

「好的。」方老凝重的行了禮，「一切拜託了。」

表姊傲然回身，阿呆跟班代望著羽凡進入另一台車，她沒有反抗，只是雙眼茫然的望著他們；表姊交代要先讓羽凡回去淨身，她要試著逼出她體內的妖氣。

「阿呆，我們會盡力保下她的。」上了車，阿呆爸沉穩的開口。

「我已經保過了。」阿呆無力的靠著窗戶，「報應，是不是來了……」

沒有人說話，班代緊緊握著阿呆的手。

世界上究竟有哪一條，是可以讓大家都幸福的路？

※　　※　　※

十公里外的墳場，杳無人煙，這兒也起了個祭壇，二八少女在一旁靜靜的笑著，看著另一個人忙碌的燃香、拖著祭品往墳頭去。

四男二女都被緊緊綁住，在地上扭動著，陳莉文跟李家華分別壓制他們，塞住他們的嘴，以防他們亂叫。

「如雪……妳打算怎麼做？」李家華問著，看著這似乎不是他女兒的女孩。

「我活下來的目的就只有一個。」李如雪勾起美麗的笑顏，柔荑向上，陳莉文立即將桌上的利刃擱在她掌心上。

復仇。除了報仇之外，她沒有別的想法了。

身為人類時的快樂記憶都不存在了，她是精煉出來的金錢蠱，只剩下貪婪與慾望，還有要殺光這地區的人的心！

那些歡送著她嫁人的民眾、那些不理會她求救的人們，每一個人都該死！

「嗚嗚——」男生在地上睜著驚恐的雙眼，他們明明只是出來聯誼，為什麼現在會在這裡！

「你爸沒跟你說，不要隨便跟網友見面嗎？」李如雪扯了他的頭髮向後，逼得他仰高頸子，然後利刃毫不留情的往頸上一抹。

鮮血立刻噴出，陳莉文俐落的拿著盆子上前盛血，其他被綁縛住的人開始尖叫。

李家華看著這一幕幕，他內心不住的惶恐，這個人是誰？她不是他的如雪！流露的是絕情而且殘忍，並不是因為死而復生逼不得已的食人、吃人心維生，她根本是在享受這一切！

從她殺了阿嬤之後他就驚覺到，這個復活的人身體是如雪，但是靈魂已經不是了！

她用甜美的外表跟聲音蠱惑他，爸爸爸爸的叫著，那只是一開始而已……現在的她根本把他當成奴隸一般使喚，那不是他的女兒，絕對不是！

天哪！他到底救了什麼回來？促成了什麼？

「死人最聽話了……」李如雪望著那滿滿的一盆鮮血，蹲了下來。「他們也不怕被傷害，而且跟我一樣，一定希望可以重生。」

利刃就著她的腕動脈，一刀劃開，珠紅色的血液滑落她白淨的手臂，落進血盆裡時，竟化成一隻隻細小的蜈蚣。

然後她捧起臉盆，走進了墳區。

「陳莉文，把其他人也殺了。」她面無表情的下命令，陳莉文立即拿起刀子，對著那些驚恐慘叫的學生們。

李如雪將臉盆裡的血灑在墳頭上，盡可能每一個墳頭都灑上鮮血，臉上露出欣喜的笑容。

「起來吧，都起來吧，你們也該醒了。」血一落上墳土，立刻化成鮮紅的蜈蚣，迅速鑽入墳裡。「起來掌握自己的世界，起來幫我殺掉所有的人。」

李家華顫抖著身子，他望著呵呵大笑的李如雪，心裡頭想著的是該怎麼結束這一切？要怎麼樣讓他的如雪回來！

遠處山下一片火光，引起了李如雪的注意，她遠眺而去，是當年活埋她的那片竹林。

「失火了？」陳莉文走了過來，那裡好像是傳說中可怕的竹林。

「我的屍體埋在那片竹林裡，被活生生掩埋、被蜈蚣一寸一寸的咬死……牠們鑽進我的身體裡，從裡頭啃蝕我的血管跟肌肉……」至今回想起來，她還是忍不住打了個哆嗦。

「妳？」陳莉文狐疑的看著她，李如雪不是跳樓死亡的嗎？

李家華更是驚訝的望著說話的李如雪，被活埋在竹林裡？被蜈蚣啃咬——她果然不是如雪！

「大概是種習慣，讓我還是選擇竹林。」她輕哂，是她要求李家華找那片竹林當根據地的。

陳莉文骨碌碌轉著眼珠，「可是，妳的遺體如果在那裡，又被火燒掉的話……」

「呵呵……呵呵……哈哈哈哈——」李如雪笑得花枝亂顫，笑得狂妄放肆，萬應宮現在做什麼都來不及了！

她的本體已經不是那隻蜈蚣了！她放棄了大部分的靈魂，就精煉於現在這個她，早就附在李如雪身上離開竹林了！

對，她是金錢蠱、她是被養出來的毒蠱，甚至因為難消的怨恨化身為妖蠱，再怎樣都會與遺體有所連結！萬應宮作的沒錯，把她的遺體挖出來、或是找到那化成毒蠱的蜈蚣，就能要她的命！

但是……但是啊……她不止的揚聲大笑，但是她附身的軀體死了啊，並且以返魂之術，以李如雪的身體重新復活了！

現在，李如雪才是她的身體啊！

就算萬應宮鏟平了那片竹林，燒盡了蜈蚣蠱，也傷不了她、傷不了她了！

「拿血來！」她忽地轉向李家華，大喝一聲。

他愣了一下，遲疑的看著眼前被割斷喉嚨的一票年輕男女，他們只是在聊天室遇到，約出來一起聯誼，卻沒有想到連回家都不可能了。

「我叫你拿過來！」夜色中的李如雪，雙眼忽然湛出青光！

李家華戒慎恐懼的趕緊捧起一盆盛滿的血，李如雪接過後不客氣的推開他，再一次將自己的血放進去，然後朝著這片墳頭潑灑而去。

猩紅色的蜈蚣一隻隻竄進土裡，李如雪喃喃唸著聽不懂的語言，召喚著所有已死亡的軀體。

或許他們靈魂已滅，但是蜈蚣進去了！牠們是李如雪的一部分，佔據了死者的身軀，從土裡鑽出來了！

墳丘震動，狂吼聲開始歇斯底里的自墳底下的棺木裡竄出，有人在棺材裡大吼大叫，有人不停的敲打著棺木。

比較脆弱的棺材板一下就被突破，腐爛的屍身奮力扒開土堆，從地底爬了出來。

「去幫助出不來的人。」李如雪下令，有人的棺木材質太好，死靈出不來。

她疾步的離開墳區，以免那些髒汙染上她雪白的裙子。

她生前就愛穿白色的衣服，死後也愛，唯有她下葬時穿著的是大紅的新娘裝束，那擅養蠱的傭人說了，穿著紅衣、帶著怨念，她才能變成一隻具有威力的金錢蠱。

她是說對了，她變得比誰都更加妖冶。

至於那個鼓吹富商把活生生的人養成蠱的女人……哼哼，李如雪勾起殘虐的笑意，一個人低低的笑了起來，

李家華恐懼的退到一旁，看著整片墳頭裡的屍體全數活了過來，李如雪對著陳莉文指了指跟前六具屍體，要她把屍體扔給死靈享用。

「他們剛醒，需要一點食物。」

「吃、吃屍體？」李家華忍不住乾嘔起來。

「不，」李如雪轉過頭來對他笑著，「是吃新鮮的血肉，他們會記得第一頓餐點的美味，以防他們去吃一些有的沒的。」

這是訓練，讓他們品嚐鮮血肉的味道，他們以後就會找尋一樣味道的東西。

「妳、妳到底想做什麼！妳要讓這些東西去傷害人嗎？」李家華忍無可忍的低吼起來，「妳不是如雪！妳是妖孽！是惡魔！」

李如雪仰起小巧的下巴，微微嘛了嘴，露出可愛的模樣，回首凝視著李家華。

「爸爸，這可是你一手造成的啊！」她嫣然一笑，「我能復活，都要感謝你呢，哈哈哈哈！」

李家華瞪大雙眼，僵直的身子發顫，他、他讓如雪復活，所以才造成這樣的後果嗎！

長笑不止的李如雪忽然收了聲，用極為冷酷的雙眼瞥向李家華。

「我是知恩圖報的人，只要你不背叛我，我是不會傷害你的。」她轉了個圈，小圓裙襬開出一朵白色的花。「你會成為唯一一個活下來的人喔，爸爸。」

噢，不，應該還有一個。

王羽凡。

第七章　妖纏羽凡

萬應宮。

深處的庭院裡，幾個人影正忙和著，唯一的出入口有人看守，為了怕心急如焚的同學們衝進去。

庭院中間點滿了蠟燭與香，王羽凡就坐在中間，狼狽的咳著。

「再一碗！」阿婆端著一杯水，硬往王羽凡嘴邊塞。

「我喝不下了！」她伸手擋下，難受的拒絕。「我沒有事，我是王羽凡！」

所有人都站在一旁觀望，唯獨阿呆跟班代，他們被關在門外，只能在這裡聽著王羽凡的叫聲。

表姊認定妖氣是自羽凡體內散發而出，所以先將其淨身後，開始驅除她體內的妖氣，但是作過法了、也灌了好幾杯的符水，她就是沒有任何變化。

「她是妖氣重重，可是我卻看不到有任何東西附身。」阿呆爸凝重的來回踱步，打量著王羽凡。

「卑鄙的妖蠱，沒有人算到她已經成妖了。」表姊冷漠的望著王羽凡，「她盡全力將自己的一部分鍊成妖蠱，直到可以脫離本體，竹林裡只是殘餘沒用的那部分。」

這麼短的時間，成為蠱已經很要不得了，竟能化成妖，甚至分離自己的靈魂，那妖蠱的怨念真是龐大啊！

「再灌！」表姊冷然的下令。

「灌……」王羽凡錯愕的望著表姊，她都快吐了。「灌妳的頭啦！我又不是犯人！」

她氣急敗壞的推開阿婆，忍無可忍的意圖走出蠟燭圍繞出的陣法。

「嗳喲，阿凡啊，這麻系為妳厚啊！（這都是為妳好啊！）」阿婆連忙拉住她。

「我根本沒事，幹嘛在這裡受苦！」她是真的火大了，「要是有什麼早就被逼出來了吧？這就表示沒有，為什麼找我麻煩！」

「全身上下都是妖氣，還敢說沒有？」表姊勾勾手指，萬應宮弟子立即上前攔下王羽凡的去向。「竟然逼不出來，還有什麼方法呢？」

她轉頭打量，目光落在燭火上。

「她是人。」阿呆爸適時的提醒，「燒死她是沒益處的。」

「嘖！」表姊挑了挑眉，輕嘖一聲。「把她封住吧，不能讓她亂跑。」

「封什麼東西啦！我是人！」王羽凡放聲大吼，「阿呆！阿呆！快來救我啦！」

阿呆當然想衝進去，但門口兩尊像不動明王般的弟子根本不許他進出！

「不確定妳什麼時候會原形畢露，封印妳是最佳的方式。」表姊繼續說著，完全沒把她的話聽進去。「設下多重結界，把她綁在陣法中心，我想想還得再用點什麼……」

「她、她只是個高中生啊！」連阿婆都忍不住了，出聲幫王羽凡說話。

是啊，這兒的人誰不認識王羽凡？就只是個活潑開朗、很會打拳又很會帶一些有的沒的進來的女孩啊！

可是萬應宮的宮主不這麼想啊……她從小就只會除靈，對於那些魍魎鬼魅根本不帶情感，她把這當作天職與工作在進行，在其幼小的心靈中，早已經鍛鍊出對妖魅們不留情的習慣。

在她眼裡，王羽凡現在就是個被妖附身的人，除之而後快是唯一的工作，工作結束是她的目的。

「她身上有妖。」她狐疑的看向其他人，今天是怎麼了？大家都在護著一個妖魅？

「看不見也逼不出來，或許她身上根本沒有！」阿呆爸語重心長的勸告，「她是個未成年的女孩，妳不能把她綁在這裡！」

「綁？」王羽凡這下總算明白表姊想對她做什麼了！「我要回家了！」

她使勁推開跟前的弟子，衝出了法陣，其他人立即蜂擁而至，只可惜王羽凡好歹是高中校際的柔道冠軍，敏捷的打倒了好幾個比她還高的男生，直直往唯一的門口衝！

「攔下她！」表姊厲聲大喝著，怎麼能讓妖孽離開！

「她不是妖！」阿呆爸緊張的拽住她！到底要什麼時候，她才能夠分辨清楚呢！

聽得裡面一陣混亂，阿呆再也隱忍不住，他衝向門口的弟子，班代也善用他碩圓的體型，衝撞上去。

阿呆太矮，根本起不了作用，弟子一下就可以提拎著他的衣領扔到另一邊去；但是他機伶，早就準備好道具，剛擱在角落的奉茶茶壺，直往弟子的頭上敲下，還發出鏗鏗聲響，不知是茶壺聲響還是頭顱內的回音。

該弟子頓時頭昏眼花，重心不穩的搖搖晃晃，阿呆立時將他往後扯，趁機將門打開！班代的保齡球攻勢更加俐落，直接把弟子壓在牆上，大聲叫阿呆快點開門！

木門一開，表姊詫異的往向出口，竟然有人敢開門！

「羽凡！」阿呆衝了進來，給了王羽凡一個方向！

「阿呆……」一個弟子由後擒抱住她，「煩死了！你們。」

扭指、折掌，王羽凡制住弟子的手，一個俐落旋身，再使了一個過肩摔。

然後她直直跑向阿呆，握住他伸出的手，閃到他身後去。

「表姊！她是我同學！」阿呆對表姊吼了起來，「妳不能把她當妖怪！就算有什麼事，也不是她的錯，妳應該把她當成一個人來處理！」

表姊深吸了一口氣，帶著一點不耐煩的神色，看來今晚大家是把她當壞人了！

「是人才可怕，因為總是會下不了手。」表姊說得傲然，彷彿她早已超脫了這層阻礙。

「不會的！」阿呆堅定的望著表姊，緊緊握著王羽凡的手。

「我就把她交給你們處理了。」她撇過了頭，「不要做讓自己後悔的事。」

「不會的。」阿呆再一次重申。

表姊扭頭往內院裡去，阿婆指示弟子把蠟燭跟法陣撤離，阿呆爸走近了他們，帶著歉意的望著王羽凡。

「抱歉。」阿呆爸沉重的說著。

「真的是我有問題嗎？」王羽凡覺得很不舒服，「可是逼我喝了那麼多水，我一點狀況都沒有！」

而表姊卻一付她好像是萬惡之源的樣子。

「我不知道……」連阿呆都無法確認，「妳身上真的有妖氣，可是……卻沒有任何東西！我也是第一次遇到這種狀況！」

班代連忙搭上阿呆的肩頭，試圖給他一點鼓勵，這種事情他無能為力，只能給予朋友支持的力量。

「我看先讓羽凡回家吧，一直留她在萬應宮也不是辦法。」阿呆爸看向自己的兒子，

「阿呆，你送她回去！」

阿呆點頭，他知道現在把羽凡留在萬應宮誰都難過！她渾身不舒服不說，表姊也說不定會想快刀斬亂麻……表姊最擅長速戰速決，她不喜歡對魍魎們手下留情，更不能接受為了這些東西延誤自個兒的事。

「我也一起！」班代立刻自告奮勇，護送王羽凡回家。

雖然呢，她好像不是很需要被護送厚……

王羽凡當然沒有拒絕，她第一次很想快點離開萬應宮。她厭惡被當成怪物的眼神，每一個過去熟悉的人都用詭異的眼神盯著她，讓她渾身不對勁！就連婆婆們也對她存有戒心，眼裡的情感不同以往。

於是他們三個迅速的離開，一人騎乘一台腳踏車，送王羽凡回家。

阿呆的爸媽站在門口目送他們離去，阿呆媽還用力揮著手。

「你們太寵阿呆了。」廟裡冷不防的傳來聲音，「你們最好先考慮後果。」

「什麼後果？」阿呆媽非常不以為然，「妳態度太差了啦，把羽凡嚇成那樣！」

表姊扁了扁嘴，她根本沒在跟舅媽講話，眼神盯向舅舅。「當作決定的那一刻來臨時，我不容許任何的阻礙。」

「妳確定羽凡真的有問題嗎？」阿呆爸神色凝重的問。

表姊只是挑眉，彷彿在斥責他的疑問。

「我們會盡一切可能，避開會傷害王羽凡的方法。」阿呆爸語重心長的望著表姊，「她是阿呆的同學，我們的朋友。」

表姊面無表情的旋過身，逕往裡頭走去，對她而言，王羽凡什麼都不是。

她只是個纏滿妖氣的人！

※　※　※

接下來的平靜日子過得讓阿呆有點不自在，太久沒有任何案件跟邪氣沖天，八卦陣上的鬼靈們也寂靜異常，這種種跡象都只是讓人感到更加不對勁。

他跟班代再回去被燒燬的竹林現場，那兒的確被燒得乾乾淨淨，成了一片焦土，萬應宮封街作法事，情況特異，人們深信詛咒已被淨化，所以地產爭奪戰於焉上演。

該地主的後代現在忙碌得很，由於年代久遠，產權不清，自家人先是爭奪土地權、還有一堆自稱擁有這塊地的人也跟著跳出來，每天都很熱鬧。

聽說他們打算把竹林也鏟平，那就是一塊近千坪的土地，非常具有價值。

對阿呆而言，他感受不到這塊土地上有任何殘留的怨念與邪氣，的確已經沒有任何會影響人的事物，可是羽凡身上的妖氣未滅，那個妖蠱存在於李如雪體內，蠢蠢欲動。

她應該是懷抱著無法形容的怨恨執念，經由返魂之術復活，四處傷人挖心，失蹤案屢增，但方老那兒一直沒有尋獲任何新的遺體；李如雪不該會如此安靜，這讓阿呆光用想的就毛骨悚然。

「阿呆，這兒的鬼靈呢？」班代狐疑的左顧右盼，「竹林都燒了，他人到哪裡去了？」

「阿才還在這裡。」即使沒有竹林，阿才還是得留在這兒。

餘音未落，隱隱約約的半透明人影顯現，至少在班代眼裡，那是個透明膜般的人影，的的確確就是他曾看過的阿才。

「所以他們一直都不能離開這裡嗎？」班代突然有些同情起這些犯忌的鬼靈們，「要一直等到下一個觸犯禁忌的人嗎？可是這裡已經沒有任何……任何可以試膽的地方了啊！」

阿呆瞬間回頭看向班代，雙眼瞪得遠比銅鈴還大，跟著倒抽一口氣。

「他們……是因為金錢蠱在，才會存在的！」阿呆望著阿才，「班代，真有你的！」

「啊？」班代丈二金剛摸不著頭腦，聽不懂阿呆在說什麼。

「快走了！」阿呆往外步出，外頭幾個大人嫌惡的瞪著他們，揮著手要他們不要擅闖私人土地。

阿才他們還在，代表金錢蠱仍舊存在，卻不在竹林裡了！這就表示先人苦心經營的鮮血八卦陣已經失去了效用！所以那些鬼靈們根本毫無用武之地，對什麼都不知道！

「怎麼了？我說錯什麼了嗎？」班代很疑惑，心裡還多了不安。

「不！你問得太對了！爸他們都在等鬼靈的消息，但是這個八卦已經失效了！」阿呆跨騎上腳踏車，「李如雪已經不受八卦陣的鎮壓，她可以為所欲為，而鬼靈們根本找不到她！」

「那大家等半天——」班代也跟著倒抽一口氣。

「要全面找尋李如雪才對……還有那個愛女如命的李爸爸！」其實連阿呆也很不願相信，唯一能鎮住金錢蠱的陣法，早就失效了！

兩個男孩立刻騎向萬應宮，中途與一台發財車擦身而過，卻沒注意到駕駛座上坐著的正是李家華，身邊美麗的女兒甚至開窗吹著風，表情愉悅。

「如雪……」李家華注意到遠去的腳踏車，狐疑的由後照鏡往後瞟。

「不急，萬應宮的人慢慢處理。」李如雪早就感應到阿呆，「今天晚上我開派對，別開生面，不想為了萬應宮的人壞了興致。」

李家華保持冷靜的繼續開著車，儘管心裡有無盡的恐懼，他還是不敢反抗這個擁有寶貝身體的妖怪！

他知道她是妖怪！但是她住在他寶貝的身體裡啊！他不在乎殺人、也不在乎挖心給寶貝吃，更願意盡一切努力誘拐少女來家裡，不管是準備食物或是放血讓如雪沐浴都無所謂。

當如雪在客廳裡坐起身時，他就發誓為了女兒，地獄他都願意去！

他看過如雪死亡的慘狀，對於她的復活只是感激涕零，就算她要吃活生生的人類血肉才能恢復原狀他也不在乎，就算為了讓她完全恢復成人形得施以返魂之術，不管需要犧牲多少人也都沒問題，即使吃心是返魂之術的後遺症，他也是甘之如飴的！

但是，前提是——這要是他女兒啊！

他的如雪根本不在了！她的靈魂可能在她死亡時就已離開，妖怪佔據了寶貝的身體，佯裝是如雪欺瞞他，讓他做牛做馬，最後才原形畢露！

現在的他騎虎難下啊……他不能反抗這個妖怪、更不能用女兒的身體做賭注……他打算藉機行事，希望能把妖怪逼出如雪的身體，然後他再用返魂之術把真正的女兒帶回來！

「妳……妳究竟打算怎麼做？」李家華戰戰兢兢的開口問了。

「我？」李如雪望著窗外，車子在半山腰中行走，可以看見其下一大片的田野與零星錯落的屋子。「我要讓這裡化為焦炭。」

「化為——妳要放火燒了這裡？」

「不，不是這裡！」李如雪轉回首望著他，「我要整個村、鎮、縣市的人全部都死在我面前！」

「妳……這些人跟妳有什麼深仇大恨嗎？」

「當初設計陷害我的人、當初殺了我的人、當初獻計要把我做成蠱的人，當初對我見死不救的人，他們的血脈，都在這片土地上延續！」李如雪殘暴的面容扭曲了美麗，「我一個都不會饒恕，把我變成這樣的人！」

李家華雙手禁不住發抖，他不知道這個妖怪是誰，完全不清楚她的來歷，但是她的恨意真切得令人感到害怕。

「可是、可是有的人是外人、外來的人……」

「你認為我會在乎嗎？」李如雪揚起清揚的笑聲，「哈哈……哈哈哈哈……」

一想到能夠血染這個城市，她就覺得喜不自勝啊！

車子急駛而去，前往他們的派對現場，今天晚上有個非常棒的派對，陳莉文正在為努力邀請活色生香的少女們而努力。

而有個最佳幫手，早就為她尋得了與會來賓。

三公里外，腳踏車隊終於停了下來，林孟萱狐疑的環顧四周，這裡還真是超級荒涼的。

「羽凡，妳說要給我們看什麼？」她忍不住問了

坐在腳踏車上的王羽凡雙眼呆滯，緩緩回過頭。「是關於李如雪的事，萬應宮要我帶

妳們來一趟。」

「咦？」後頭一大票女生不由得驚呼，提起李如雪這個名字，人人自危。

在任何時代都沒有人可以證明魍魎鬼魅的存在，但每個人都會相信這些東西的存在，這是很奇妙的一種現象；看不到又無法證明的東西，總是會被說得繪聲繪影，還因地方習俗不同而有異，而大部分的人都會堅信不移。

拿李如雪來說，陳莉文死後，林孟萱及阿凱他們遇到了驚悚事件，眼睜睜看著陳莉文的父母親死亡，被阿呆他們所救，隔天回學校後就立即跟班上同學說了這件事，甚至影印了李如雪跟陳莉文的照片，發給全校每一班。

他們不遺餘力的到每一班去宣傳，說這兩個人可能死而復生，會用高中生的樣子欺騙大家，請每個人特別注意，一旦發現相關蹤跡，請打電話給他們。

這招非常奏效，死而復生有多少人會信？這件拿上警局、帶上科學後，每個人都會叱為荒誕不經！

但是學生們信不信？信，他們寧可信其有，將兩個美女的樣貌記得牢牢的，上下學結伴同行、晚上補習回家的人不是結夥就是請父母來載，沒有人膽敢落單，而林孟萱等人的下場，是一個人警告一支。

因為怪力亂神、引起恐慌，家長還到學校來跟老師校長道歉。

事實上這個方法奏效，因為失蹤人口集中到西邊的學校，而不是這個校區，簡單來說，自從陳莉文死亡後，該校區再也沒有任何一樁失蹤案或是離奇死亡的案件。

失蹤的人與日俱增，但都聚集在另一帶，貼在警局白板上的地圖，清楚的標示失蹤人數與分佈地點。

就在大家差不多鬆懈的當口，王羽凡於前幾天請班上女生找個時間，她要帶大家到一個地方，萬應宮要為大家加持的，增加眾女生的保護。

「李、李李如雪她……」林孟萱有點緊張，「我聽說萬應宮不是前不久作了法會？」

「是啊，但是沒有用。」王羽凡微微一笑，將車子彎進小徑。「跟上！」

大家怕雖怕，但一班十七個女生還是唯王羽凡馬首是瞻，跟了進去。

最後頭有兩台腳踏車鬼鬼祟祟，他們是被排除在邀請之列的兩個「男生」，便是阿凱跟大隻，他們總覺得王羽凡超偏心，玩什麼把戲只邀請女生，他們男生都不是人喔！

「你剛有聽見嗎？王羽凡說萬應宮耶！」阿凱有點不悅，「好歹大家一起出生入死過，幹嘛把我們排除在外！」

「該不會是那個矮冬瓜的主意吧？」大隻跟著不爽起來，「要是真的要給他們護身符什麼的，我們也可以要一份啊！」

「說得也……」阿凱才在說，雙眼忽然一瞪。「巴庫巴庫！快點！」

大隻聞言，趕緊用腳把腳踏車往後退，這兒還好是個小坡，只要後退就看不對向的車。

大隻根本搞不懂阿凱在緊張什麼，但是他卻把腳踏車停在山壁邊，偷偷的往前偷瞄，低聲說了個幹。

「怎樣啦！」大隻莫名其妙，心浮氣躁。

「你有沒有那個矮冬瓜的電話？我後來沒儲存洗掉了！」衝回來的阿凱顯得很心急。

「有……我找一下……」大隻拿出手機搜索著，「這裡！」

他遞過手機，上頭顯示的姓名便是：「小瓜呆矮冬瓜」。

阿凱一時半刻記不得阿呆叫啥，只知道趕緊撥通手機，另一頭傳來一個很疑惑的聲音。

『喂？』

「喂！矮冬瓜嗎？」阿凱緊張的大吼。

『……不是。』電話那端的溫度降了幾度，不悅的打算掛掉。

「我是王羽凡的同學，那個叫阿凱的，啊～就是之前在保健室跟著招魂的一個男生！」阿凱簡短的自我介紹，「我有要緊的事啦！」

『……』對方顯得還是有點惱火，『幹嘛！』

「我看見王羽凡帶著班上好多女生，說萬應宮要給她們加持還是送什麼護身符的，往北邊的墳墓區去了！」

『什麼！』阿呆煞住腳踏車，班代差一點點就撞上了。

「問題是，我剛剛看見李爸爸開了一台發財車也上山去了……那個窗邊，坐了一個好像是李如雪的女生耶！」阿凱邊說，忍不住發抖。「只有瞥一眼而已，可是我全身寒毛都豎起來了！」

『我知道了！』阿呆緊扣著手機，『我要你們跟上去，試圖把同學叫回來──在太陽下山之前！』

「啊？」阿凱聽不懂，電話卻被掛掉了。

他狐疑的把手機還給大隻，轉述阿呆的話，兩個男人糊裡糊塗，但還是決定照著阿呆的話去做。

因為……他們也很想看看那個女生是不是李如雪嘛！

掛掉電話的阿呆臉色蒼白，班代不便多問，望著他再撥了電話出去，是打給王羽凡的，電話始終沒人接聽，冷汗自他頰旁滑下。

「怎麼了？」當他放下手機時，班代出聲問了。

「阿凱說羽凡帶了一群女生去北墳那裡，說萬應宮要她們去的。」阿呆努力深呼吸，用惶恐的神色望著班代。

班代也僵直了身子，誰也知道那是不可能的事，更別說真有其事的話，地點也會設在萬應宮。

難道真如表姊說的，羽凡她——

他們沒有思考的餘地，阿呆邊騎車邊打電話回萬應宮報告這件事情，而他們則掉了頭，直直前往所謂的北墳——這裡的大墳區，許多人的親屬全都葬在這裡！

眼看著日落西山，橘紅火球掛在山阿之間，阿呆簡直不敢想像，一旦日落後會發生什麼樣的事情！

王羽凡！妳到底在搞什麼！

第八章　自我了結

當太陽落進山後的那一瞬間，王羽凡一行人走上了北墳的後山區。

林孟萱越走越不對勁，她不認為萬應宮會把法事辦在墳區。

「羽凡，真的是這裡嗎？」她不安的問著，興起了想離開的念頭。「我到現在都沒有看見其他人耶！」

王羽凡沒有回答，她只是直直的往前走，像個已經設定目標的機器人，只顧著往前直行。

林孟萱的手機鈴聲大作，嚇得精神緊繃的眾人尖叫，她停下腳步，發現是阿凱打來的。

「喂！幹嘛？」她沒好氣的唸著，嚇人啊！「啊？喔……好……」

王羽凡回首望著她，林孟萱用力擠出一絲笑容，把電話掛掉。「那個……我還要補習耶，我想先走了！」

「妳今天不是不必補習？」王羽凡僵化的唸著。

「突然要了……我們還是先走好了！」她拉過身邊的同學，「大家快點下去，離開這裡！」

因為林孟萱的態度忽然變得很緊張，使得其他女生跟著慌亂，大夥兒手忙腳亂的回身往後跑，果然有什麼事不對勁！

「妳們不許離開！要去哪裡！」王羽凡大聲喊著，邁開步伐奔了過來。

「妳先說妳帶我們來這裡幹嘛好了！」林孟萱推著其他同學繼續往下走，「阿凱打來了，他說根本沒有法會這件事！」

王羽凡不語，睨了她一眼，伸出手緊抓住她的手腕。「給我留下。」

「妳在幹嘛！王羽凡，我們是信任妳才跟妳來耶，妳該不會——」

「哇呀——」驚恐的叫聲自她身後傳來，林孟萱倏地回首，發現同學個個嚇得臉色蒼白，踉蹌的跑回來。

一個男人站上土丘，那是大家都熟悉的李家華，他彎身向下，拉過另一個踩上墳頭的白衣少女。

「李……李如雪？」林孟萱發愣了，她望著那栩栩如生……不！根本就是活生生的人，腳底不禁跟著一涼。

天還亮的呢！她還有影子，這個李如雪是……人嗎！

「就是因為大家都喜歡羽凡、相信羽凡，所以請她幫我找食物，是最恰當不過的人選了。」李如雪嫣然一笑，愉悅的穿過驚愕的同學，來到王羽凡跟林孟萱面前。「只是一點小小的催眠，人類是很脆弱的。」

「不……怎麼可能……」林孟萱嚇得步步後退，「妳、妳已經死了！」

「但是我又活過來了。」她微笑著，轉頭點算著人數。「十七個，妳做得真好，王羽凡。」

王羽凡沒有說話，她面無表情的呆然站立著，宛若在夢遊般的人。

「大家快跑！跑啊！」林孟萱不知道接下來會發生什麼事，但是她沒忘記陳莉文出現的那一晚，絕對不會有好事！

大家尖叫四散，李家華幫忙攫住幾個女生往墳丘上甩，也有好幾個絆到了腳，直直往斜坡滑下去。

李如雪不急，天要黑了，墳地裡的朋友自然會出面幫她。

「妳回家去吧，好好休息，我可不希望妳太累。」李如雪溫柔的撫摸著王羽凡的臉，「妳是我最重要的人呢，呵呵……哈哈哈！」

王羽凡像接收到指令的電腦，開始邁開步伐往前走去，她要下山，騎上腳踏車，回到溫暖的家。

十幾個女孩驚恐尖叫，她們根本不瞭解發生了什麼事，只知道有人死而復生，這念頭的衝擊尚未平復，突然又跑出另一個應該已經死透的同學——陳莉文。

「嗨！」陳莉文一如生前般可愛，完整得就像她沒死過一般。

「嗨……」林孟萱二度看見她，完全不會驚愕。「陳莉文，妳真的也復活了？」

「差一點點。」她還應對自如，「因為如雪沒給我返魂的機會，她只是讓我有身體罷了。」

林孟萱聽不懂，她只注意灰暗的天色，還有漸漸陰暗的大地。

「簡單來說，她是鬼啦！」

後頭忽然有男生狂吼，陳莉文驚訝的回身，一根木樁迎面打上她的臉。

阿凱跟大隻追了上來，把許多女生都往下接，他們兩個原本在猜拳看誰在前誰殿後，結果一聽見尖叫聲，就趕緊找可以用的武器了。

天色已經黑了，唯有王羽凡一個人從容的跨上腳踏車，迅速離開。其他人都還在拉鋸中，明明十幾人對三個人，竟然可以搞到沒有一個人離開墳區。

當天色幾乎完全暗去時，人數比就更懸殊了。

「哇啊——」一個女生整個人絆倒在一座墳丘上，一雙腳被土裡竄出的手緊緊抓住。

下個瞬間，每一座墳裡的屍體都爭先恐後的竄出墳墓，將所有人制住。

腐臭味從這些屍體身上傳來，北墳區像個屍人墳場，那些屍體全生了肉，再老的骨骸也長出肌肉，力大無窮的擒抱、壓制住每個人，包括阿凱、大隻兩個大男生！

陳莉文興奮的抽出刀子，她好希望能夠跟李如雪一樣，也變成一個人喔！

「幹什麼？」李如雪冷眼的望著她，「不要想趁火打劫，陳莉文，懂返魂之術的只有我。」

她忿忿的瞪著李如雪，只好收起刀子，惋惜的望著被大手圈住，躺在地上哭號的同學。

「十七顆心臟，我已經越來越有力量了。」李如雪滿意的望著這一票女孩，「剩下的骨血就讓這些夥伴們分了，他們也能生出更多的肉來。」

「妳、妳為什麼一直要吃心臟，我看妳很久沒有腐爛了啊！」李家華忍不住開口，這些女生好歹他都見過，是如雪的同學！

「因為這是死人的軀體，就算返魂，肉身還是會腐爛！」李如雪倏而猙獰的瞪向李家華，「我要不吃滿四十九顆心臟，我就是個脆弱的活死人！我要擁有可以控制身體腐爛的力量！」

「活死人……可是，妳當初說返魂之術後，就可以完全復活的啊！」

「廢話！你腦子裝豆渣嗎？我當然完全復活了，返魂讓靈魂跟這個軀體連結，只是有一點小小的缺點而已。」李如雪向一旁的陳莉文，「像陳莉文，她吃再多心臟也是隻鬼，老實說，她想維持人的形體，只要吃人血肉，就跟一開始的我一樣就行了。」

分她心臟，是為了讓她力量強大一點，好可以幫忙跑腿。

陳莉文聞言一怔，搞半天……只要吃人肉也行嗎？

「妳要吃滿……四十九顆？」李家華難受的重複著，「這樣妳就會停了嗎？」

「不會！」李如雪冷冷的瞪著他，「我說過，我要向命運報仇的……沒有人可以活下來。」

她舔舔嘴角，眼下是美味的大餐，她現在是半人半屍，胃容量有限，先吃顆活的，剩下的都挖回去吧。

「就從林孟萱開始好了，王羽凡的好朋友。」李如雪瞇起眼，咯咯的笑。「其他幫我把心挖出來，冷藏好，再把身體給這些屍人吃了吧！」

「哇——不要！」

「救命啊！救命啊——」

林孟萱瞪大了眼睛，望著走近的李如雪，她把玩著一把尖刀，不客氣的一把扯開她的制服。

「妳的心臟，應該會特別好吃吧？」

林孟萱瞪大了眼睛，伸手意圖抵住李如雪，但她卻從容的笑著，一刀狠狠刺入，瞬間往下剖開。

「哇——」

此時此刻，兩個男孩的腳踏車連同萬應宮的車子，正陷在濃重的迷霧中，完全走不到北墳。

「被擋住了！」阿呆下了車，怎麼都繞在同一個地方。「竟然有鬼擋牆！」

「是李如雪做的嗎？」班代只覺得霧很濃，方位很模糊。

「都有可能……別忘了還有一個陳莉文。」阿呆拿出書包裡的水瓶，在地上畫了一個寬大的方形，再緩緩後退。「離這裡最近的人是……」

「豬頭嗎？」班代回想著方位，奈何橋上的鬼靈的確離這裡最近。

「對！朱兆成！萬應宮在此召喚！請現身！」阿呆打了個結印，認真的請駕。

不一會兒，豬頭就站在那方框裡，有些不明所以！他狐疑的望著四周，再看向阿呆，歪了歪頭。

『啊！矮冬瓜！』他還用食指指他，『你怎麼在這啦？鬼氣森森！』

「鬼打牆啊，幫忙破一下！」阿呆指了指附近，「我什麼都沒帶，也不太會破，這裡算你管區吧？」

『唉喲，上頭都血流成河了，你還在這裡繞！』豬頭嘆了口氣，悶聲一個破字，濃霧漸散。『這是隻厲鬼做的，殺了不少生命，越來越邪了！』

「血流成河？」阿呆超討厭這四個字的，只是豬頭還沒回答，他們就聽見劃破天際的一聲慘叫。

班代倏地抬首，發現他跟阿呆根本早就在北墳山腳下！

「阿呆！上面！」班代扔下腳踏車，趕緊往上頭去。

『等一下！冷大說，返魂之術的屍體如果吃了七七四十九顆的人類心臟，就會成妖成魔……』豬頭身影漸淡，消失在方框當中。『冷大把返魂術的紙張交給你們了，萬應宮已取得……要仔細看喔！』

阿呆點了頭，跟著班代往上跑去，北墳是很大一座山頭，他們爬上去後還有一大片，方位難找，不過多虧李如雪及陳莉文，妖氣跟鬼氣籠罩著，非常好辨識。

不遠處也傳來喇叭聲響，萬應宮人馬即將抵達，只可惜兩個男孩哪有空等待，直直就往李如雪的方向衝。

上頭已經沒有任何慘叫聲，因為陳莉文剛挖出最後一顆心臟，而李如雪正趴在林孟萱胸口享用最新鮮頂級的心臟。

李家華把最後一顆好整以暇的放進冷藏箱裡，墳裡的死屍開始瘋狂搶食那些少女的屍體，他望著這些曾是女兒的同學，難受得不知如何是好。

他只能繼續做下去，為了自己親愛的女兒……身體。

「滾開！」驀地一聲爆吼，引起他的注意，他們完全忽略了唯二的兩個男生，他們死命的抵擋著衝上前要分食他們的死屍，拿著木樁亂揮亂打。

陳莉文銳利的雙眸掃向他們，完整新鮮的肉，比這些已死的好上一點……她飛快的跳躍過到阿凱身後，惹得他一陣背脊發涼！

大隻眼尖，眼尾一瞄，操著木樁就往阿凱這邊掃：「趴下！」

說時遲那時快，阿凱沒搞懂也知道該蹲下，抓準剎那的一秒伏下身子，那木樁再次狠狠打上陳莉文的側臉，把她的頭骨打得扭曲變形！

不過她是鬼，這點傷算不了什麼。

被打得翻兩滾後，陳莉文伸長了手上的尖甲，再度朝著阿凱撲上來。

「陳莉文！」厲吼聲傳來，讓她愣住，止住攻勢。

阿呆氣喘吁吁的跑上來，看見屍橫遍野的少女屍體，還有一堆從土裡爬出來的死人，正貪婪的吃著她們殘缺的身體。

「唸金剛經。」他低聲跟班代說著，這些厲鬼都還很弱，經文就能遏止他們。

班代聞言，立即手打結印，認真虔敬的背誦起經文來，附近幾個腐屍畏懼的連連退後，發出驚恐的叫聲。

「矮冬瓜——」大隻高喊著，看見救星眼淚都飆出來了！

「再叫我一次矮冬瓜，我就把你們送給這群腐屍！」阿呆一字一字，忿忿的說著。「離開這裡！」

陳莉文哪肯讓活人離開，縱身一躍意圖攔下阿凱的去向，阿呆卻更快一步的擋下，眼看尖甲往胸膛刺來，他卻只是揚起微笑。

手裡的水瓶未曾離手，輕輕在面前灑出一道圓弧，就燙得陳莉文淒厲慘叫，向後彈離摔落！

她重重的撞倒了幾個正在享用大餐的腐屍，引起一陣不小的騷動！

「李先生，你腦袋有病嗎！」阿呆好不容易瞧見了李家華，忍了一肚子的怒火往他身上發。「你知不知道你讓什麼東西復活了！那個不是你女兒啊！」

李家華望著阿呆，痛苦的別過頭！

「知道的話幹嘛還助紂為虐！你幫她殺人嗎！」阿呆氣急敗壞的喊著，這個李爸爸是哪根神經有問題！

「那是如雪的身體！我不能讓她就這樣被搶走！」

「哎呀！她已經被搶走了啦！從你施返魂之術開始，妖蠱的靈魂就已經跟這個身體緊緊相連了！」阿呆實在很難相信，就算是平常人，難道不覺得返魂之術是大忌嗎？「換句話說，就算李如雪真正的靈魂要回來，也回不來了，你懂嗎？」

咦？李家華瞪大了眼睛，他不懂！

他幾個小時前才希望那妖怪死亡離開如雪的身體，他才好把寶貝的靈魂召喚回來——現在這個男生說不可能了！

「嘻嘻嘻……呵呵呵……」又一個下坡處傳來笑聲，「你怎麼這麼沒禮貌？打壞了爸爸的夢想跟希望？」

李如雪自林孟萱身上爬起，走上擋住阿呆視線的墳頭，她整張嘴都沾滿了鮮血，纖指正抹著臉上殘餘的血，往嘴裡送舔。

「妖蠱。」阿呆冷冷的，看著那可怕的妖氣。

「什麼妖蠱？」李家華錯愕，他根本不知道李如雪身體裡的妖怪是何來歷。

「我沒空幫你上歷史課。」阿呆往前一步，附近用餐完畢的腐屍們蓄勢待發，就等李如雪一聲令下。

陳莉文倒是嚇得畏縮，躲在李如雪身後，不安的打量著阿呆。

「萬應宮的人，化成灰我都認得這血脈……你們以為用七條人命就能把我封住？太天真了！」李如雪優雅的微笑，「我在那土裡幾十年，再笨我也會想出方法！」

「精煉妳的靈魂，讓妳連人性都泯滅，只剩下怨與恨。」阿呆搖了搖頭，「妳這樣有比較快活嗎？」

「殺掉所有人我就會快活了！」李如雪低吼著，「我要親眼看著所有人死！全部都死——」

「然後呢？拖著這個勢必會腐敗的身軀活下去？」

「等我再吃更多的人，我就能再修煉成魔。」李如雪雙眼閃爍般的望著阿呆，吃掉萬應宮血脈的心臟，一定能增加修行……光是眼前這個小子，就好像擁有捉摸不定的高強靈力啊！

「妳知道上一個跟萬應宮作對的魔下場是什麼嗎？」阿呆挑了挑眉，雖然那次還是靠神明上王羽凡的身，才得以解決。

「那跟我不一樣。」李如雪這一秒還在笑著，下一秒突然一僵，眼神掃向阿呆身後。

萬應宮的人馬上要來了，婆婆光用拐杖就可以把那群腐屍打得七零八落，嘴裡氣忿的唸著「造孽啊！造孽！」

「阿呆。」阿呆爸衝上來，打量了李如雪一輪。「冷仔轉告，李如雪雖然施以返魂之術，但是，她是人。」

「嗯？」阿呆挑眉，他聽不出話中玄機。

「意思是……她可以再死一次對吧？」班代的聲音，穩穩的從後頭傳來。

李如雪霎時鐵青了臉色，步步後退，雙眼裡淚珠轉著，哀憐般的轉向李家華：「爸爸！他們想再殺死我一次！」

李家華倒抽了一口氣，飛快的衝到李如雪身邊，緊緊護著她！

哦……阿呆明白了！就算是妖蠱，再強的金錢蠱，她因為施了返魂之術，現在是個死而復生的人了！

再妖再邪，還是個人類！

「你們不要亂來！」李家華緊張的保護李如雪，「殺、殺人是犯法的。」

「這句話你來說最沒說服力了！」阿呆無力的說著，不過他倒是說中了重點，逼得他看向父親。「爸，我們得殺掉她對吧！」

「對。」阿呆爸堅定的點了頭，「殺死李如雪……我來就好。」

這種事不宜讓未成年的孩子下手，就算她是妖，可是卻有著人類的軀體，說到底都是殺人。

「你們未免也太小看我了吧？」李如雪冷冷勾起嘴角，「去——」

她大聲一喝，不是陳莉文撲上，而是那數以百計被蜈蚣蠱控制的腐屍們，忽然蜂擁的朝山下滑去，沒有一個人撲向萬應宮的人馬，而是像逃離一般的離開現場！

「他們要去民居啊！」婆婆們在後頭大喊著，「他們往人的方向去了！」

「糟糕！」阿呆爸立即回身，「快點要底下的人防範！我們立刻下去！」

幸好阿呆爸聰明，總覺得不該把萬應宮所有的人都調上來，所以留了人在山下，也留人在萬應宮裡，可是……

「阿呆爸……你們都在這裡了，萬應宮裡還有誰在啊？」班代左顧右盼，所有很強的人都在這裡啊！

阿呆也倒抽了一口氣，對啊，底下還有誰？

沒人來得及回答，陳莉文瞬間就來到了一個婆婆面前，使勁將她往山下推去！

「婆婆——」沒有人及時拉住她，婆婆滄桑的喊叫聲在重物落地聲後止住！

其他情同姊妹的婆婆們忿恨的望著陳莉文，「可惡啊——看我老婆子不跟妳拚了！」拐杖一操，婆婆直往陳莉文去，只是她是食人血肉的極惡厲鬼，不但會移形換影，並且招招毒辣，光是被她割傷的傷口，都會迅速腐爛見骨！

「阿呆！火！」阿呆爸見情勢不妙，要阿呆放大絕了。

「火……」阿呆朝著爸爸伸手，「打火機！」

「你什麼時候需要用打火機了！」阿呆爸瞠目結舌的望著他，他根本不抽煙啊！

「我……我很久之前就無法隨心所欲的喚出業火了！」阿呆一直沒說，是怕爸媽擔心！

可能是眼睜睜讓七個學生送死的壓力太大導致，也可能是難敵羽凡的怨懟，水還能使，但是以前可以拿來玩的業火，怎麼樣就是召喚不出來！

眼看著陳莉文淩厲的攻向年邁的婆婆們，古婆婆左手才被劃傷，傷口立即遭侵蝕，古婆婆當機立斷一刀斬斷自己的左手，趁勢將陳莉文團團繞住！

「胖子！」六個婆婆將陳莉文圍住，一邊呼喚班代，一邊口唸鎮魔文。「我口袋裡有打火機！」

班代趕緊上前，陳莉文被咒語陣困住，尖聲淒厲的嘶吼，她出不來，也無法攻擊婆婆們，他趁機從一位婆婆的口袋裡拿出打火機，往阿呆這邊扔：「阿呆！火！」

「休想！」李如雪拾起一顆石頭，狠狠往阿呆扔去。

石子準確的打下打火機，打火機被打出山墳範圍，往山下落去。

「快點想辦法把火生出來！」阿呆爸拿出水壺，直往婆婆那邊去。

他把水往陳莉文身上澆淋，那水像鹽酸似的燒傷陳莉文的肌膚，痛得她慘叫不已，不停喚著李如雪。

「沒用的傢伙！」李如雪不屑的說著，拉了拉李家華。「爸，我們快走，我不想待了。」

疼得發狂的陳莉文開始不顧一切的反擊，看準了負傷在身的古婆婆，用力往她一撞，瞬間把咒陣撞散。

「阿呆！」連班代也急得大喊，他拿出萬應宮給他的護身，拚死的衝上前，圈住了陳莉文的頸子。

「哇呀——我不要！」陳莉文在地上打滾，力道之大，班代只能拚命的扣緊護身，被甩得東倒西歪。

火——火——阿呆緊閉起雙眼，回想著過去把玩火的情況，可是再怎麼努力，腦海裡出現的都是那些鬼靈的臉！

或是豬頭站在奈何橋上的樣子、冷諺明隔著水結界忿忿不平的問他：『你——以為這樣做不會有報應嗎？』

還有王羽凡在萬應宮前淒涼的回首，「我會找一條，大家都幸福的路。」

「哇——」班代被重重的甩上地，疼得站不起來，陳莉文卻飛快的壓上他的身體，直接要將班代開腸剖肚！

阿呆爸來不及，他才上前，立刻被李如雪喚出的蜈蚣擋了老遠，直直撞上某塊墓碑而昏厥。

「阿呆——」班代緊閉起雙眼，雙手護著臉的大喊著。

啪。

火苗忽然竄燒上陳莉文即將刺進班代肚裡的手，她先是一怔，看著全身上下都著起火來，旋即傳來淒厲的慘叫聲！

她滾落到一旁的地上，不管怎麼滾都無法讓火熄滅，那火將她的皮膚甚至骨頭燒成灰，連同一旁攪局的蜈蚣們也一併燒燬，不費吹灰之力。

「啊！」李如雪忍不住哀號，雙手掩住臉，倒在李家華身上。「爸，好可怕！快帶我離開！」

那不是業火，是咒火……阿呆無力的跪上了地，並不是他使的。

「發什麼愣？妖蠱要跑了！」一個跟爸爸類似的聲音傳來，帶著斥責。

阿呆向左看去，李家華跟李如雪的身影都已消失，他再往右看著一片狼狽，負傷的婆婆們，昏迷不醒的爸爸，掛著淚水的班代……還有……

「大伯……」阿呆嚥了一口口水，使火的大伯，使水的爸爸，他繼承了兩個人的能力。

「別發呆了！」慈祥的聲音傳來，女人站到他面前，一把拉起他。「這次讓她逃走，下一次就難抓了！」

「大伯母……」阿呆不假思索的拿過女人手中的刀戟，往山丘的另一邊追去！

「你們要讓阿呆殺人嗎？」班代緊張的喊著。

「總是要讓他親手制伏幾個妖吧？」大伯的聲音越來越遠。

「那個妖蠱現在是人！除掉她就等於殺死一個人，他才幾歲，別讓他殺人！」最後像是阿呆爸轉醒，聲嘶力竭的聲音。

「什麼？人？不是妖蠱嗎？」

阿呆已經聽不見大伯的聲音了，他只顧著追上去，畢竟李家華及李如雪都是人，不可能像鬼一樣來無影去無蹤！

「李如雪！」他狂吼一聲，順著妖氣看去，她近在咫尺。

被李家華攙著的李如雪回首一瞪，土裡的腐屍都去對付居民了，現在只剩她最愛的蜈蚣了！她再喚了好幾隻巨型蜈蚣出來，牠們自土裡竄出，張嘴就往阿呆頭頂咬。

只是因為牠們太過巨大，愚蠢的李如雪沒有考慮清楚，他很矮吶！越矮的人動作越靈巧，穿過那些蜈蚣身邊，牠都還來不及全身爬出呢！

「爸爸！他要殺我！」李如雪動手把李家華往前推，「快幫我擋下他，我不要再死一次，我想永遠在你身邊，爸爸！」

李家華望著梨花帶淚的李如雪，明知道那不是自己的女兒，可是當她這樣哭泣時，卻又像極了他的寶貝啊……如雪總是這樣哭泣，是她的女兒吧！

他將冷藏箱一扔，鼓起勇氣，要李如雪快點先跑。

「爸爸會保護妳的！」李家華堅決的這麼說著。

阿呆的身影從山上出現，他半跑半跳的來到李家華面前，果然被他擋住。

「讓開！」阿呆怒不可遏吼著，「那個是幾十年前被害死的少女怨魂，她成妖了，還是金錢蟲啊！你護著她幹嘛！」

「那是如雪、是她的身體！」李家華驚恐的手持刀子大喊著，「我不能允許你們把如雪從我身邊奪走第二次！」

「你簡直喪心病狂了！」阿呆衝向李家華，在他撲上來的那一瞬間，機靈的伏低身子，從他的腋下溜過。

幹，矮果然有好處的！

李如雪眼看著已經要從另一頭下山了，她慌亂的跳閃過一座座丘墳，真是太可惡了，萬應宮永遠都來攪局！那個女人不在，竟然還有這麼多幫手？

她怒氣沖沖的往下走，卻不期然的看見北墳山腳下火光點點……她心窩一陣刺痛，整個人跪了下來！

那些火光……是她好不容易培養出的腐屍嗎？她的分身一個個被火燒盡，奪走了她大部分的力量！

可惡……她花了多少功夫，用血液餵養這些蜈蚣蟲，竟然這麼輕易就被燒燬了！

「李如雪！」阿呆的聲音迅速接近，她倉皇回首，但是她已經下山了！

「我不會善罷干休的！」她跑向發財車，朝著山上大喊，她知道阿呆再怎樣都追不及她了。「你們給我等著！」

不不！阿呆一緊張，腳底打滑，整個人直接從上頭一路滾下山丘，而李如雪業已上了車，找尋備份鑰匙，準備發動車子！

託滾下山的福，阿呆比預計時間提早「抵達」，他顧不得全身疼痛，拖著扭傷的腳衝向不遠處的發財車。

李如雪找到鑰匙，插進鑰匙孔裡，趕緊發車。

「想去哪裡？」

最不該出現的聲音，忽然從她身後傳來。

李如雪倏地從照後鏡瞥過去，看見堅定的雙眸也回望著她。

然後後座一隻持刀的手忽然伸向前來，在李如雪措手不及之際，一刀刺進了她的心窩。

紅色的血花在她白色的上衣上綻放，越來越大朵，越來越美豔。

「為什麼……」李如雪圓睜雙眼，一口氣上不來，睜著明眸美目停止了呼吸。

拿著刀戟的阿呆控制不及的撞上發財車的門，腳實在疼得誇張，讓他不得不攀住車窗。

當他看見躺在駕駛座上的李如雪時，不由得腦袋一片空白。

他往後座看去，女孩掛著兩行清淚呆坐在後座，無助的望向他。

「羽凡……」

女人慌慌張張的在廚房裡忙，外面一堆人聚集，有傷兵、有醫生也有警察，她燒了壺水泡茶，也不知道夠不夠，還要準備甜點嗎？還是……

「不要慌。」外頭走來捲髮的恬靜女人，「妳越急事情就會越糟！」

「哎喲！外頭現在有幾個人啊？我連杯子都找不齊！」

「妳怎麼還是一樣直啊？」大伯母淺笑，打開上層的櫃子，拿出一落紙杯。「妳把奉茶的桶子裝滿，推到前邊來，有手的自己會倒，其他我再來幫忙。」

「噢噢！好！妳真聰明耶！」阿呆媽開心的笑了，放了心。「我家寶貝還好嗎？他都沒進來……」

「他在陪羽凡。」大伯母提到阿呆，就微蹙了眉。「他會沒事的。」

「嗯。」阿呆媽點了點頭，「謝謝你們趕來，我聽說如果不是大哥及時抵達，連居民都會受到傷害。」

「別這麼說，這是萬應宮的大事。」大伯母淺笑，拿著紙杯往外走去。

阿呆媽當然沒有參與這一切的活動，她被勒令待在萬應宮裡接應，她的守護靈會隨時通知狀況，而她必須等待該來的人。

腐屍衝往民居前，阿呆的大伯就已經中途攔阻，他是使火的高手，只可惜不是像阿呆一樣可以輕易操控業火，而是使用咒火及符火；需要咒語、符紙或是打火機，共生共滅的火術。

但要制住那群食人血的蜈蚣蠱倒非難事，雖消耗了不少靈力，但總算是將那幾百具屍體焚燒殆盡。

阿呆爸輕微腦震盪送醫後堅持返家，大伯打電話聯絡方老，請他們封鎖北墳區塊，那些屍骨不能讓親屬瞧見，否則又是可怕的風波；他讓萬應宮修煉弟子把殘餘的屍骨收集起來，先送回萬應宮，擇日火化，其他弟子得去把北墳上每一塊墳丘蓋平，不能露出個窟窿。

來日家屬撿骨不見屍首時，萬應宮會有一套說法，畢竟這兒以萬應宮為大，凡事都會經過他們。

這一次北墳事件折損了一個婆婆跟一個年輕弟子，其他均負輕重傷，古婆婆在醫院裡療傷，左手確定是廢了，其他婆婆則回萬應宮讓醫生前來治療，因為需要包紮跟淨化傷口的人太多了。

大廳裡躺著一具蓋著白布的屍首，方老在屍體旁踱步，實在難以相信親眼所見。

李如雪，那個已經死過一次的少女，現在以完整的屍首躺在他的眼前。

「這實在是……唉唉，造孽啊！」方老搖頭嘆氣，附近一票警察嚇得連拜了好幾次。

她死不瞑目，心口插了把水果刀，而刀上的指紋全指向坐在一邊木椅上的女孩。

「她控制我……她讓我帶同學去送死！太過分、太過分了！」王羽凡哭得泣不成聲，「孟萱、小吟……大家是那麼的信任我，可是卻全部死了！」

班代緊扣著她的肩頭，什麼安慰的話他都說不出口、全然使不上力；坐在她身邊的阿呆則是緊握住她的手，沉重的望著她。

「那妳是怎麼清醒的？」

「我摔倒了……我騎回家的路上，聽見尖叫聲，腳踏車好像絆到什麼，所以我整個人摔出去，突然就醒了。」王羽凡想起自己睜眼的瞬間，一時覺得莫名其妙。

可能因為李如雪專心對付他們，導致無法顧及控制羽凡。

「我的記憶只到三天前的睡覺之前而已！我拿出手機發現時間過了三天，影像流進我腦子裡，我只記得片段，唯一清楚的是剛剛發生的事——我帶著孟萱她們去北墳！」王羽凡語到激動處，握緊了飽拳。「我為什麼會變成這樣！李如雪為什麼可以控制我——」

表姊說得一點都沒錯，問題就是出在她身上！

王羽凡張開雙手，望著自己染滿血腥的手，她親自帶著十幾個同學，去當李如雪的餐點，讓她們活活被殺死！

就算意識被控制，孟萱她們眼裡還是她，這是無論如何都沒辦法被原諒的罪！

方老跟幾個員警交代事項，今天晚上的女學生沒有辦法用失蹤來交代，因為太多人看見王羽凡她們列著車隊離開！而且……還有兩個現成的目擊者啊！

阿凱跟大隻兩個男生被毛毯緊裹著，兩眼發直、全身抖個不停，十七歲的高中生，再粗線條也無法接受一票同學慘死的事實，更別說是親眼目睹了。

他嘆口氣，最慘的是那女孩吧？方老來到王羽凡面前，她正掩面痛哭，所有人跟著安靜下來；阿呆媽推著奉茶桶而出，也看得出氣氛很糟，將茶桶置放桌上後，走向自己的丈夫，給了個緊緊的擁抱。

「妳做得很好。」方老意外的拍了拍羽凡的頭。

咦？王羽凡抬首，怔然的望著蹲在眼前的警察伯伯，他在說什麼啊！她害死了這麼多人，怎麼能說她做得好？

「妳把禍源解決掉了，這是沒有人能做到的事，很好很好……」方老繼續說著，「大家都應該感謝妳！」

「你在說什麼啊？我害死了我們班同學耶，十七個女生！」王羽凡激動的揪住方老的衣領，又搖又晃的。

阿呆跟班代試圖把她的手拉開，可是情緒極度激昂的她，根本沒人架得動！方老倒是從容，要兩個男生別忙，滄桑的一雙手瞬間就包握住了羽凡的手。

「可是，妳救了比十七這個數字更多的人……如果妳沒有把李如雪殺死，那些腐屍可能已經吃了十七、二十七、甚至殺死靠近北墳區那裡所有的人。」他溫和的笑著，拉下羽凡的手，望著她盈滿淚水的雙眼。「妳那十七個同學是必要的犧牲，沒有人能阻止這一切，但是妳關掉了源頭，所以妳做得很好。」

王羽凡緊咬著唇，她不懂她不懂！為什麼總是要在兩難中抉擇？她帶去送死的十七個女生，跟鎮上所有的居民根本不能相比，同樣是人命，為什麼要秤孰輕孰重？

現在的她，不就跟當初的阿呆一樣嗎？明知道要制住金錢蠱必須有七個犧牲者，所以他在知情的狀況下眼睜睜看著七個學生送死，為了顧全大局、為了救助更多的人。

「不該是這樣的……」王羽凡嗚咽難明的哭號著，「為什麼沒有一條是大家都能幸福的路！」

她放聲大哭，撲進了身邊的阿呆懷裡，他緊緊擁抱住她，這樣的打擊對王羽凡而言，實在太重了。

班代望著嚎啕大哭的她，只是跟阿呆交換了眼神，抹去不停泛出的淚水。

「方老。」阿呆爸由後輕喚了聲，「羽凡的事怎麼辦？」

「李家華人跑了，我們正在全力通緝，只是萬一他跑出來告羽凡謀殺那就麻煩了，畢竟現在這個是真正的死人。」方老眉頭緊蹙著，「至於女學生的家長那邊，我們會暫時安撫，只怕沒有人能理解整件事情。」

「我……我們可以做證！」角落的阿凱跟大隻，抖著音舉手。

「呵呵，好好！」方老點了點頭，稍表讚許。「喪失子女的痛會使人失去理智，李家華就是個明顯的例子！我們說出實情，家人也不一定會聽……現在這個世代，深信這種事的人越來越少了。」

「那……」班代怯懦的上前幾步，「給那些家長看李如雪的屍體呢？」

咦？這句話引起了高度關注，對啊，如果讓那些家長看見這具屍首，不就眼見為憑了？

「班代，這真是個好主意！」阿呆爸立即深表贊同，「先由我們萬應宮出馬解釋後，再帶家屬到這裡！」

「好！」方老拿起無線電，趕緊聯絡那些在警局久候的家屬們。「這具屍體……不會再異變吧？」

「開什麼玩笑，神明腳下，她能怎樣？」婆婆們義憤填膺的站起來，她們巴不得立刻把這具屍體燒成灰。「由我們老婆子輪流看管，附近放了封印結界，就不信她能離開萬應宮！」

「好好好……」大伯母趕緊安撫氣急敗壞的婆婆們，今夜她們損失了一名戰友，任誰心情都不佳。

阿呆爸拍了拍班代的肩，這孩子穩重冷靜的相當優秀，低聲問候了幾句，他轉向阿呆。

「羽凡暫時得躲在萬應宮裡，你們跟王太太說一下。」

「我去打電話。」班代立即接口，因為他知道，羽凡需要的是阿呆，不是他。

阿呆朝他點了頭，輕輕站起身，攙起幾乎站不住腳的王羽凡。「羽凡，我們先進去。」

「我現在都好了嗎？」她抽抽噎噎的，哭得整張臉都紅腫。「再也沒有什麼妖氣了嗎？」

餘音未落，萬應宮所有人都瞅著她看，連阿呆也梭巡了一遍，那妖氣的的確確自王羽凡身上全數撤離。

他肯定的點頭，王羽凡才願意跟他到客房去。

其後的幾個小時，萬應宮裡悲痛欲絕，哭聲淒厲，十七名學生的家屬們接獲了事實，人人從不可置信到不得不接受，人人戒慎恐懼的望著躺在萬應宮大廳前的李如雪屍體，幾乎嚇得魂不附體！

李家的女兒是跳樓身亡的，那頭破血流又全身骨折的狀況眾所周知，而今躺在上頭的女孩擁有完整的身軀，只是胸前插了一把刀。

萬應宮在當地具有絕對的影響力，望著一屋子傷兵，爭吵聲、哭泣聲與咆哮聲同時充斥在這個神聖的空間裡，但沒有神明阻止得了悲傷的蔓延。

這是個漫長的夜，但李家華行蹤成謎，就不代表結束。

※　※　※

十七位女學生舉行聯合公祭，沒有家長再跟警方提出任何告訴，而警方也很盡責的在北墳區尋找她們殘餘的屍骨；大隻跟阿凱很認真的在「說明會」上詳述了事件發生的經過，包括陳莉文殺死父母及道士的那夜，也一併說出。

所有人心知肚明，被詛咒的竹林年代已久，大家都知道那裡有鬼，可是不知道竟然會邪惡到這個地步，更沒有想過會有被放出來的一天。

忿怒與悲傷不知從何發洩，有人歇斯底里的要怪罪把妖蠱放出來危害人間的始作俑者，但是那群試膽的學生已經付出代價，都化為鬼靈；這個事實卻反而讓原本以為自己孩子只是失蹤的家長們陷入深淵。

王羽凡的班級這個學期從原本的四十二人，七位成為鬼靈，再加上死亡的陳莉文及十七個同學，僅存的十七位被拆散，分別與其他班合併，學生們自是不知輕重，戲稱為「被詛咒的班級」。

沒有人知道那痛苦的實情，只有經歷過的人才知道。

李如雪的遺體事後被送到殯儀館，工作人員完全不敢經手，全權由萬應宮處理，在冰庫內外寫滿封印咒文，日夜派人輪流看守。

警方加強通緝李家華，但是他卻宛如人間蒸發般，遍尋不著。

最終，方老決意使出殺手鐧，公告李如雪的焚屍時間，警告民眾那時段切莫靠近，另一個用意是希望可以吸引李家華前來。

焚燒李如雪的屍體不能在一般的焚化場，萬應宮準備了一塊地，剛好是鮮血八卦陣的正中央，將請鬼靈們一同鎮壓，地面上畫出法陣，四周佈下了層層結界，打算直接開啟地獄之門，送李如雪及妖蠱下去。

萬應宮宮主也會回來，將由她親自開啟地獄的通道，但是——這妖蠱得由業火燒，偏偏唯一會業火的傢伙，現在還一籌莫展。

「還是不行嗎？」王羽凡坐在門外的階梯那兒，很為阿呆擔心。

「你放輕鬆一點，應該就可以了吧？」另一邊的班代也憂心忡忡，「以前你還會用業火表演特技給我們看耶！」

「噓……」阿呆趕緊擠眉弄眼，被聽到就死定了。「不可以講我平常拿業火來玩的事！」

「噢，可是那時就耍得很順啊，什麼時候開始使不得的？」王羽凡狐疑的噘著嘴，托著腮。

阿呆抿了抿唇，眼尾瞟了班代一眼，班代當然知道，事情就發生在試膽事件之後。那時羽凡的不諒解造成了他們兩個嚴重的心理壓力，雖然好像沒什麼影響，但事實上還是影響到阿呆了。

「聽說已經先把遺體載過去了，下午兩點就要燒掉她了，沒業火怎麼辦？」

「大伯會想辦法用借的。」阿呆說著王羽凡聽不懂的事，「就是跟地獄借，但不是每次都借得成。」

「那你要加油！」王羽凡緊握住他的雙手，「一定要把那個混帳妖魔燒死！」

她的語調裡還有一絲哽咽，阿呆知道陰影尚未離開王羽凡的心中。

班代輕搥了他一下，那是男生與男生間的鼓勵，很多話他們都懂，只是不必說出口。

萬應宮上下都在忙碌，大伯會直接抵達現場，表姊一會兒就到，萬應宮當代所有靈力上乘的人都在，萬事俱備，只欠東風！

他為什麼……怎麼努力就是使不出火呢？

暑假時有遇見幾個世外高人，他們說他的靈力甚至比表姊高強，可是他根本感受不到，除了火與水外，啥都不會！現在更慘，之前得要靠打火機，現在是連用打火機都引不出來了！

在這種時候，他就會深深覺得自己的無用！

他好歹也是萬應宮的一員啊，直系血脈，只會運用水跟火，咒語的力量很弱、畫法陣每次都亂七八糟、召喚術也很差，所以好多次都得要別人幫忙，沒用到連……他禁不住的望向身邊憔悴的王羽凡，連保護羽凡都做不到。

這麼簡單的催眠他破不了，他保護不了她！

就算媽那種天兵，好歹也有驚人的磁場跟守護靈，就連乾媽動動手指都比他威！

「在想什麼？」班代冷不防的按上他肩頭，「你不要胡思亂想，專心想業火。」

阿呆倒抽一口氣，複雜的望著他。

「我不管你在想什麼，但是你要記住，就算你是一個高中生——現在萬應宮全體上下，寄望的就是你的業火。」班代微微一笑，「我覺得好威喔！」

呃……阿呆眨了眨眼，這話能……這麼說嗎？

「對啊，你要全神貫注，大家就靠你了。」王羽凡側了頭，也幫了腔。「徹底的把妖蟲殺了，就當為了我出口氣！」

阿呆失聲而笑，他點了點頭，這兩個好友安慰人的方式很奇怪，但是他們洞悉他的想法，卻讓他很欣慰。

「阿呆！」遠遠的，阿呆爸在吆喝。「出發了！」

阿呆頓時抽了口氣，雙拳不自覺的緊握，班代跟王羽凡緊張的分別扣著他雙臂，要他別緊張……可是他們兩個快把他的手臂給抓斷了，到底是誰緊張啊！

「我手快瘀青了……」阿呆咕噥著。

「喔！」兩個同學立刻鬆手，紛紛尷尬的紅了臉。

大家只是相視而笑，阿呆做了個深呼吸，一塊兒走向門口。

「放輕鬆，喚不出來你大伯也有辦法。」阿呆爸倒是很從容，「你們三個自己搬板凳上發財車！」

「坐後面嗎？」王羽凡倒是挺開心的，「我可以借一根棍子或是鐵棒嗎？」

「備好了。」阿呆爸準確遞過一根鐵棒，上頭寫滿經文。「夠堅固，拿來打人也沒問題。」

王羽凡嘴一挑，抄了張凳子就上車。大家都預期李家華會前來搶屍體，所以坐在「露天座位」的他們就身負重任了。

阿呆啥都不必準備，他只要專心醞釀可愛的業火就行了。

「等我一下！」廟門衝出身影，踉踉蹌蹌的絆到門檻，砰的立即仆街。

阿呆悻悻然的上車，那是爸的工作……

「妳不必去。」

「為什麼？大家都去了……」

「李如雪是妖蠱，不是鬼，所以妳去沒有用。」阿呆爸好聲好氣的說，「妳要待在這裡照顧還沒痊癒的人，古婆婆怎麼辦？她斷了一隻手啊！」

「古婆婆根本嚴禁妳媽進她房間。」王羽凡悄悄的說著，「上次她端稀飯進去要給她吃，聽說把稀飯灑得整間都是，還摔破了她寶貝的花瓶。」

王羽凡住在這裡大半個月，算是看得夠透徹了。

「所以我爸才不要她去。」阿呆也壓低了聲音，「你們兩個想像一下，我媽到現場的狀況……嘖嘖。」

「嘖嘖……」連班代都不免搖頭。

好說歹說，阿呆媽心不甘情不願的留下來，還一邊碎唸大家都忘記火燒竹林她可是大功臣，裡頭千軍萬馬的魍魎們一見到她就逃之夭夭，沒有功勞也有苦勞，現在讓她看個熱鬧都不成……

喂！他們又不是去郊遊……唉。

車子終於出發，五輛車浩浩蕩蕩，即使只是燒一具封有妖蠱的屍首，萬應宮依然戒慎恐懼。

因為李家華太安靜了，妖蠱也太安靜了，這陣子絲毫沒有動靜，雖說李如雪的屍體被封印住，但那妖蠱應該會想盡辦法破體而出，視女如命的李家華也該會千方百計的搶回孩子的屍體啊！

就算他知道那不是李如雪，可是他為了個身體還是助紂為虐許久，所以阿呆並不認為李家華會就此善罷干休。

被控制的陳莉文已經剉骨揚灰了，其他腐屍也被燒盡，現在李如雪的幫手就剩下李家華一個人，方老刻意公開焚屍，就是為了要引蛇出洞。

但是公開時間至今七天，依然無消無息。

車隊來到一個岔路，那兒有一台車等著，大伯他們按了兩聲喇叭，就率先往前行。焚屍地點用封鎖線圍繞起來，盡量不讓一般不知情的民眾太過靠近，是……

「喂！你們看！」班代詫異的站起來，往車頭前方望。

阿呆跟王羽凡同時起身，在封鎖線那兒，站了滿滿的人群，車隊速度明顯減緩，其他車上的弟子也開始討論，怎麼真有人來看熱鬧呢？

只是當車子駛近，大家才發現，那全是相關人士的親朋好友及家屬，包括王羽凡學校的同學就來了好幾個。

「天哪……他們來好嗎？」王羽凡大感不可思議的望著，「阿凱跟大隻怎麼也……嚇不怕的？」

「是太恨了。」阿呆微微一笑，「面對自己的恐懼比逃避好，這兩個傢伙還不差。」

「是嗎？」她抿了抿唇，「可是我總覺得太危險。」

「萬應宮控制得宜就沒有問題。」車子停了下來，大家紛紛跳下車子，民眾們用一種沉重的眼神望著他們，但是沒有人吵鬧，甚至讓出了一條路。

自大伯車上走下的表姊走在最前頭，民眾們懷抱一種敬畏，大家都認得萬應宮的宮主，地位崇高的人。

「請大家留在這裡，不要靠近。」她口氣有些不耐，像是在說：為什麼這裡有人？

這是個平台山丘，上去大概要走二十個階梯，方老差人在下頭守著，表姊則領頭往上走去。

阿呆才走幾階，忽然拉住了前頭的阿呆爸。「爸！」

阿呆爸回首，狐疑的望向兒子。「怎麼了？」

「不太對！」阿呆全身寒毛都豎了起來，「有東西在！你聽！」

咦？阿呆爸正首向前望去，大聲喊了「停——」，所有人停了下來，表姊側首，一陣風適巧掠過，空氣傳來血腥味。

「返魂術——」表姊忽然加快腳步，三步併做兩步的往上頭去。

第十章　返魂再現

「弟子退下！」大伯也厲喝一聲，連同阿呆爸一塊兒衝上去。

阿呆應該也是要留在原地的人，但是他下意識的移動腳步，跟著往上衝；班代見狀，不由得追上去，王羽凡更不可能乖乖一個人留在那裡！

當他們衝上平台時，果然瞧見了形容枯槁的李家華，他正喃喃唸著咒語，李如雪的遺體被移到陣法外的草地上，平台的另一端口，那兒畫了另一道返魂陣，陣外放了令人髮指的軀幹！

女孩子的上半身軀幹，雙手剁除；下半身軀幹，雙腳剁除；還有一雙手跟一雙腳分別置於另一端，心臟則置於中心，李如雪遺體的心窩裡。

至於看守的六名萬應宮弟子，全數倒在草地上，李家華身邊擱了一把槍，弟子盡數氣絕身亡。

王羽凡見狀，等不得其他人說話，握著鐵棒就往李家華衝過去！

「王羽凡！」阿呆喚不住，只好拉著班代往另一邊跑。

阿呆爸俐落的拿出兩瓶礦泉水，衝到返魂陣邊將以血繪製的法陣洗掉，並施以咒法，阿呆跟班代皺著眉把祭品移走，破壞了返魂陣，同一時間，王羽凡已經殺到李家華身後了。

李家華倉皇失措的睜眼，看著衝來的少女，慌亂的立即舉起手邊的槍，往王羽凡那兒指去。

「喪心病狂！」王羽凡哭紅了眼，無視於槍口，一棒往李家華臉上揮下去！

他被打得摔進返魂陣裡，槍跟著鬆手，大伯立即把槍踢開，以免這傢伙拿著槍亂打人。

「你們走開！不要破壞我的如雪！」李家華歇斯底里的揮著手，衝上去抱住李如雪的屍體。「這是我的寶貝女兒，我正在召喚她回來，你們走開！」

「她回不來了！這個軀體跟妖蠱是一體的，你女兒就在你身邊啊！李爸爸！」阿呆實在難以接受，為什麼總有執迷不悟的人。

真正的李如雪鬼靈就站在李家華身後，她淌著淚水，不停的搖著頭，一次又一次，呼喚了爸爸無數次，他就是聽不見。

即使是現在，李家華錯愕的左顧右盼，卻還是瞧不見她的靈體。

「如雪！回來！快點——爸爸施了返魂術，妳快一點回來啊！」

『爸……』李如雪跪倒在返魂陣外，聲嘶力竭的喊著，無奈李家華就是聽不見。『我在這裡！我在這裡啊！』

八卦陣的鬼靈都在現場，聚在李如雪身邊，他們對此無能為力。

「先生，這屍體裡封有妖蠱，我們非要把它除掉不可。」表姊來到李家華面前，「請你把容器交出來。」

「除掉妖蠱……你們會把如雪還給我嗎？」李家華雙眼佈滿血絲，望著表姊。

「妖蠱跟身軀相連，我們必須燒燬李如雪的遺體——完整的燒盡。」

「不——」李家華狂暴的吼著，「那這樣我的如雪就沒有地方可以回來了！」

『我已經死了！爸——我不會再回去了！』李如雪也哭得泣不成聲，『為什麼要造孽！為什麼！』

表姊站起身，朝人們使了眼色，示意得把李家華架住，非得把李如雪的遺體拖出返魂陣外不可。

幾名弟子得令上來，無論李家華怎麼抵抗，也抵不過四個男生的力氣，他們由後架住他，直拖出返魂陣外。

其他弟子再到中間，把李如雪的遺體拖出來。

剎那間，不知哪兒來的大風狂掃而至，吹起一片沙土。表姊仰天觀象，竟有大片雲層疾速而至。

「糟！」表姊忽地轉頭向後，「放開遺體，離開返魂陣！」

班代瞬間把太靠近返魂陣的阿呆向後拉，王羽凡也瞬間往後大退一步。

說時遲那時快，那冰如硬石的屍體忽然跳開眼皮，伸長了手，直接穿過了她面前的弟子心窩，當她收手時，手裡已緊握著一顆溫熱的心臟。

「哇——」其他弟子見狀，嚇得紛紛往後逃，可是……他們卻撞上了圓形的牆。

返魂陣築起了一道結界，四名弟子被困在裡頭，連慘叫都來不及，瞬間被李如雪一一取出心臟，死於非命。

李如雪轉向表姊，用挑釁的眼神望著她，先是把李家華塞在她心窩的那顆心拉出來丟掉，再公然囫圇吞棗的吞食四顆心臟，他們可以看見她胸前的傷口慢慢癒合，整個人氣色瞬間變得紅潤。

她恢復成人了，每個人都知道。

「妖蟲……」表姊瞇起眼，嫉妖如仇的她散發出凜然殺氣。「站出來讓我收拾妳。」

「妳真以為妳傷得到我嗎？」李如雪繞了個圈，「想用什麼？火？水？還是妳的靈力淨化我？哈哈哈……別做夢了！」

一瞬間，李如雪踏出了返魂陣外，毫無畏懼。

表姊立刻握著手上的念珠，對空中畫出陣法結界，準備展開攻擊。

「你們無論如何都殺不死我的，我也不是因為那個返魂陣才醒來的，我一開始就沒死。」李如雪忽然語出驚人，「王羽凡那一刀，對我而言不痛不癢——」

所有人不由自主的看向王羽凡，她才是最驚愕的人，她一刀刺進去了，為什麼李如雪還能站在這裡說話？

「我只是在等你們這群萬應宮的人為我集合而已……看來好不容易是全員到齊了啊！」

李如雪二話不說，忽然直直衝向表姊，她這個身軀經過連日的休養已逐漸妖化，不會再像人那般脆弱了！縱身躍起，表姊俐落的以結印擋下，旋了兩個圈後退後，腦後卻突然一個重擊。

「表姊——」阿呆緊張的衝向表姊，卻錯愕看向偷襲表姊的人。

手持鐵棒，兩眼發直的王羽凡，正以攻擊姿態，對準下一個人——阿呆爸。

「羽凡？」連班代都錯愕非常，「妳在幹嘛！」

「別以為擺脫我一次控制，就能永遠擺脫。」李如雪倒是很開心，「把他們全部都給我打暈！」

李如雪餘音未落，王羽凡立即就衝向阿呆爸，幸好萬應宮的人多少都有底子，阿呆爸閃過第一波的攻勢，跟羽凡陷入扭打狀況。

阿呆跟班代立即將表姊往後拖，遠離戰場，大伯則飛快的擋在前方，阻止李如雪任何意圖。

此時此刻，方老率領一堆警察衝上來，上頭的聲音太過驚人，所以他們紛紛前來助陣，看看有沒有什麼需要幫助的地方；一瞧見活跳跳的李如雪，大夥兒全傻了，有的警察嚇得立刻癱軟雙腳。

「開、開槍！」方老當機立斷，「對準中間那個李如雪！」

「不——」阿呆爸情急大喊，可警察們已經紛紛擎起了槍。

李如雪引來一陣風壓，將阿呆爸掃到一邊去，只是轉轉手指，警察手裡的槍突然全數飛離他們的手中，並且懸浮在空中，轉向了那些警察。

「住手！」阿呆只能呆坐在那兒，他想不到法子，他不知道該怎麼對付這個妖啊！「方老！下去！你下去——」

方老錯愕的望著阿呆，下意識的往後退了一階，結果一腳踩空，整個人往階梯下滾了下去！

「方……」離他最近的員警驚愕回首，卻聽得一聲槍響，跟看見打在自己身上的洞。

槍扣著扳機，一發接著一發，無數聲槍響在上頭的平台中回響著，每一個警察都像靶似的，被自己的槍射出了一個又一個的窟窿，血花四濺在綠色草坪上……除了妖蠱之外，每一個人都流血了！

「鬼靈！」表姊忽然坐起身，拿自己額上的血往空中畫出個八卦。

八卦陣中的七個鬼靈瞬間飛向李如雪，他們號為鬼靈，但實則是鬼，可是與進化成妖的李如雪相比，力量還是差了那麼一截，可是以一抵七，倒是一場纏鬥。

「爸爸！爸爸！」李如雪被逼得無路可走，又開始裝可憐了。

原本架住李家華的弟子早在剛剛前去助陣，他現在無人可管，所以他飛快的撲上前，雖然看不見那些鬼靈，但他抱著李如雪就想要逃。

「王羽凡，擋下他們！」李如雪邊喊著，王羽凡果然操起鐵棒，一棒往大伯面前揮下，擋去大家的追勢。

鬼靈依舊窮追不捨，表姊站了起來，王羽凡那記敲得不輕，她連站都站不太穩；不過她從懷間拿出一把細長的匕首，將刀刃往自己額上的鮮血一抹，交給阿呆。

「對準李如雪，趁隙刺下去。」她交代著，阿呆立即追上李家華。

瞧不見鬼靈的李家華只覺得寸步難行，可是他還是緊緊護著李如雪，試圖繞到另一邊下樓梯，欲阻擋的阿呆爸跟大伯紛紛被王羽凡擋下，真不愧是柔道冠軍，拳腳功夫相當敏捷。

姑且不論為什麼王羽凡會被控制，但是李如雪真的找對人了！

眼看著李家華總算殺出一條路要衝下去，阿呆趁著王羽凡對付爸爸的空隙，從後頭鑽出，直往李如雪身上刺下去。

染血匕首直逼李如雪的頸子，不過她敏銳察覺，伸出右手一擋，刀刃硬生生的穿過了她的掌心。

同一時刻，慘叫聲卻自阿呆身後傳來。

王羽凡的右手瞬間冒出鮮血，她疼得鬆開鐵棒，整個人忽然一陣強烈暈眩，跪上了地。

「……好痛！」王羽凡忽而驚醒，緊握著自己的手腕。「我的手——」

阿呆詫異的望著王羽凡、再看向李如雪，她勾起一抹笑，彷彿在嘲笑他的無知……現在是李如雪受傷，羽凡也會跟著受傷嗎？

鬼靈們團團圍住，阻止李家華往下走，李如雪見狀況不對，氣得雙眼血紅，低咒了數聲。

只是一晃眼，綠油油的草皮上忽然冒出黑點，難以計數的細小蜈蚣，就這麼從土裡鑽了出來！

「小心地面！」阿呆爸放聲大喊，灑了水在腳底再繞一圈，阻止了蜈蚣們的行進方向，但是牠們立刻往四面八方散去。

弟子們又叫又跳，蜈蚣鑽進他們的褲子裡，開始大肆啃咬，他們痛得站不住腳，摔上了地，蜈蚣們立刻群集蜂擁，鑽進了他們的衣服褲內，再由外覆蓋住他們，大啖血肉！

弟子的慘叫聲不絕於耳，他們再怎麼滾動，只是滾上更多的蜈蚣，也無法甩掉鑽進皮膚裡的蜈蚣。

「撤！離開！」大伯不停的跳著，踩碎好幾打，並將表姊抱離！

阿呆跟班代分別衝向王羽凡的兩側，直接自腋下架起她，離開草皮，最佳方式就是不要停留在草地上，不給蜈蚣鑽上身子的機會。

李家華早趁著這慌亂的空隙離開了，大量的蜈蚣甚至從草丘上鑽出，對下頭的居民們攻擊，下頭一陣尖叫竄逃，每個人紛紛逃進自己的車子裡，有人則是逃避不及，趴在柏油路上抽搐哀號，被蜈蚣咬噬。

「舅舅，把蜈蚣困住！」表姊朝向空中，「鬼靈，畫出範圍！」

七個鬼靈瞬間繞出一道圈，而阿呆爸拿著水沿他們的範圍畫出結界，水才畫完，他們就飛到山丘另一面，去阻擋想從另一頭離開的蜈蚣們。

大伯從容的拿著打火機，佐以符紙，俐落的點燃後，讓火燒上了整座山丘。

瞬間熊熊大火燃燒了整座草丘，上面有八具弟子屍首、六具警察屍體，全部都在這場火裡被淨化。

剛摔下山的方老是撿回一命，早被其他同仁搬上車搶先送往醫院，聽說這一摔不得了，目前還是昏迷不醒。

「沒時間等，叫消防隊半個小時後再來滅火！」表姊立即發號施令，「追著妖氣走，千萬不能讓她有喘息的機會！」

萬應宮人馬迅速整隊，而跌坐在地的王羽凡，正被繃帶緊緊纏繞右手。

「我又失神了！我又被她控制了對不對！」王羽凡激動的揪著班代的衣服扯著，「我打了表姊、擋下了很多人，我不知道……我不知道怎麼控制！」

阿呆一句話都沒說，只是緊抿著唇用力的為她受傷的手掌包紮，現在的羽凡又是妖氣纏繞的模樣了，妖氣從頭到尾都沒消失過，就像李如雪從未死亡，她只是蟄伏，給自己休息與魔化的空間而已！

為什麼要利用羽凡！她究竟在羽凡身上做了什麼，突然間只要傷了她就等於傷了羽凡！

「一樣的傷口嗎？」表姊走了過來，瞪著王羽凡的掌心瞧。

阿呆點了點頭，一個洞，憑空出現。

「這樣……如果要砍李如雪，羽凡就會一起受傷嗎？」班代緊張的望著表姊，「那這樣你們如果要傷李如雪，羽凡不就……」

「我還在想她是用什麼方式控制羽凡，甚至讓她會受妖蠱影響……」表姊撇頭，「先上車，我們得追上去！」

天曉得李家華現在到哪兒了，放眼望去，根本瞧不見妖氣。

「我看兵分多路好了，那個妖蠱很邪，她能隱藏妖氣不讓我們瞧見，要找他們太困難了！」大伯提出了建議，身後的火光照亮了每個人的臉。

王羽凡不可思議的望著自己的手，傷害李如雪就會傷到她，好卑鄙無恥的小人！這樣萬應宮的人就會有所顧忌，因為她是無辜的，他們不會輕易的傷害她啊！

「我知道在哪裡！」王羽凡忽然出聲，甩開阿呆站了起來。「我看過那個地方！」

阿呆詫異的望向她，她在說什麼傻話啊！

「李如雪操控我的意識，我的意識也會流進她的思想，那是一片竹林……她剛剛要逃走時，就閃過一片竹林，在產業道路上的一棟廢屋附近！」

所有人望著她，表姊挑起一抹笑。

「我最愛聰明反被聰明誤！」她立刻上車，所有人也跟著行動。

而阿呆爸帶著沉重的眼神前來，恭請王羽凡上車。

現在，只有靠這個隨時會攻擊他們的王羽凡，領他們前往李如雪的巢穴了！

※　※　※

憑藉著印象，王羽凡很快的找到了所謂的廢屋，還有旁邊那條車子進不去的小徑，因此所有人都下車，準備步行進入；一直走到盡頭，望見那一整片竹林時，才見著驚人的妖氣，被竹子擋下。

「真愛竹林吶，當初被活埋在竹林裡，現在又選這裡當巢？」表姊冷冷一笑，回過身子，「大舅，你守在外圍，不許任何東西進出。」

東西，指的不只是人，就算是一隻小鬼、一隻蟲都不行。

所以大伯留了一批人下來，其他人跟著表姊前往未可知的竹林深處；原本他們是希望班代可以留在外面，但因為王羽凡必須跟著前進，所以誰也不願意離開。

竹林排列得非常密，幾乎連一絲空隙也無，那當然是李如雪設的阻礙，表姊用靈力直接劈開一條道路，眼前彷彿發生一場大爆炸，一整排竹子從表姊面前向裡被折斷，瞬間清出一條路。

「好重的瘴氣……」阿呆忍不住說著，整片竹林漆黑一片，不是因為天色，而是因為瘴氣。

「好臭！」王羽凡悶聲說著，以手掩鼻，沖天臭氣瀰漫在這裡，看來這兒也累積了不少屍體。

表姊劈開的路算寬廣，身後跟著的弟子也沒閒著，邊走邊鋸掉竹子，走到中途時一行人忽然停下，森冷的陰氣襲至，讓人不得不提高警覺。

「羽凡到這裡就好，舅舅，麻煩設道結界，讓羽凡待著。」

「表姊？」阿呆不明所以，要把羽凡扔在半路？這竹林裡？

「離李如雪越近，她就有被控制的可能性，萬一被控制，也不宜在我們身邊，所以她待在這裡就好。」表姊頷首，一個手執竹筐的弟子上前。「羽凡，妳就坐在水圈裡，竹筐上是強力的結界，不管發生了什麼事都不要輕易離開。」

王羽凡深吸了一口氣，並沒有抗議，而是乖乖踏進水圈裡，坐了下來。

「要怎麼切斷我們之間的聯繫？」她仰起首，「我再也不想傷害你們了！」

「把李如雪迅速解決掉，就可以切斷妳們之間的關聯……我不知道她是怎麼樣影響妳的，但是她死了，就什麼都不存在了。」表姊親手將大竹筐蓋下，在那貼滿符咒的上頭，又加了道封印。「這些符咒應該可以阻止妳再度被控制……或是阻止被控制的妳出來。」

「這竹框能抵擋妖氣。」阿呆蹲下身子，用白話一點的語句跟羽凡解釋。「妳待著，等我來。」

王羽凡咬著唇，忍著淚水點了點頭。

表姊再度起身，無所懼的往前直行，李如雪沒有再設下任何阻礙，而是堂而皇之的坐在竹屋前的階梯上，恭候大駕。

穿過竹林，竹屋出現在大家眼前，架高的竹屋地板上有許多蛆蟲正在蠕動爬行，底下應該有不少死屍；嚴格說起來還挺愜意的，竹屋前有庭院，後頭都是絕壁，以竹林為藩籬，詩意盎然。

「歡迎光臨。」李如雪又換上了雪白的衣裳，她真的是個美人胚子。

李家華站在簷下的另一頭，憂心忡忡的望著大家。

「妳好像自信滿滿的模樣？跟剛剛落荒而逃的樣子差別十萬八千里。」表姊從容不迫的漫步，「作惡了這麼多年，我想萬應宮欠妳一個安息。」

「那就試試看吧。」李如雪優雅的站起身，「妳可能不知道，我已經吃了四十八顆心臟了。」

阿呆不禁倒抽一口氣，冷諺明說過，死而復生之人若食得七七四十九顆心臟的話，就能更上一階——魔？

「我很樂意拿妳的心當第四十九顆。」表姊淺笑著。

李如雪也回以微笑，「第四十九顆，對我而言意義非凡。返魂之術中，有個很棒的福利，同時也是個禁忌。」

班代皺起眉，他看過冷諺明抄來的術法，沒看到這一條。

「殺掉施咒的人，我就會變成人不人妖不妖的怪物，再也不能擁有這美麗的身體。」她緩緩的，看向了站在一邊的李家華。「但是殺掉施咒的人，我就能夠擁有更強大的妖力！」

「……如雪？」李家華聽懂了，他錯愕的向後退。「妳在說什麼？我、我讓妳復活，妳不是就要變成活人嗎？」

「錯，我說話你都沒在聽，我打賭這個李如雪生前講的話你也都沒認真聽對吧？只喜歡讓女兒照著你的想法過活，哼！」李如雪攏攏長髮，「我說過，我唯一的目的，是為了向這個世界復仇！」

李如雪在尖叫，她嘶吼著，一切只發生在兩秒之間。

她衝向李家華，割斷他的咽喉，徒手抓出了活跳跳的心臟……李家華根本反應不及，瞪大了眼睛，圓張的嘴好像還想再喊一聲……如雪。

只在瞬間，李如雪漂亮的身體開始變化，她張大了嘴，嘴變得如澡盆般碩大，心臟忽然變得很渺小似的，一口就吞了下去。

再次正首的她，果然已經不是那美麗的模樣，而是個人人看見都會喊妖怪的姿態。死白的臉龐，眉宇之間罩著青綠色，全然血紅的雙眸，還有相同顏色的血盆大口，身形拉高瘦削，雙手長過於膝，瘦骨嶙峋，每一指節都突出擴大，指甲如彎鐮，深黑銳利。

她笑著，聲音尖細而妖魅。

『原來妖也會有報應……嘻嘻……這就是我殺了讓我復活的人所得到的代價嗎？』李如雪陶醉般的笑著，舔著殘餘在指甲縫裡的血。『可是我卻得到更大的力量了——』

李如雪瞪大血紅雙眼，立定躍起，身體如同陀螺般迅速打轉，疾速的衝了過來！阿呆爸單手沾水，一步上前朝著她出掌，形成一道防禦結界，可是李如雪卻像鑽孔機似的，瞬間就突破了那層結界，阿呆爸隨即被撞擊向後！

「爸！」阿呆使出全力朝父親衝撞過去，將父親撞到另一邊，避免跟李如雪正面接觸！

「上關刀！」表姊回首對某個弟子大吼，旋即拋出手裡的念珠，那念珠瞬間成為一大串繩子，迅速纏繞在李如雪身上！

「阿呆，快點拋出你的念珠制住她！」阿呆爸大喝一聲，穩住步伐的他，也立刻拋出身上的佛珠。

說來也怪，短短的佛珠變成綑妖繩似的，繞在李如雪身上，表姊跟阿呆爸抓住佛珠的另一端，分別東西向的拽住李如雪，不讓她再有任何動作！

『呵……所謂萬應宮的高人，就只有這一點能耐嗎？』李如雪笑著，黑色的瘴氣頓時從她體內迸出，掙開佛珠鍊。

「阿呆！用靈力！」表姊對著他大吼，阿呆拔下手腕上的佛珠……媽呀，他哪有這麼厲害啦！

「你就扔吧！」班代催促著，雖然他也半信半疑。

浮在半空的李如雪須臾之間就掙斷了佛珠，反作用力使得阿呆爸跟表姊紛紛向後摔去！李如雪對準表姊殺去，頸間卻忽然套上一個似項圈的繩索！

她登時回首，阿呆沒想過自己會成功……反正情急之下腎上腺素總會發作嘛！

「你這小子……」李如雪勾起一抹笑，「先吃你也不錯！」

她大手抓住佛珠繩，竟然朝著阿呆逼近，阿呆鮮少看過可以忽視萬應宮佛珠的妖怪，這個李如雪真的太可怕了！

「啊啊啊——」一陣怒吼聲傳來，風也似的掠過阿呆的耳邊，肥又壯碩的身影手持王羽凡的鐵棒，直直朝李如雪身上狠狠打去。「去死去死，妳這個臭蜈蚣最好去死！」

『嘎！』鐵棒擊上李如雪的身子時，上頭的咒文頓時呈現紅色，她也發疼般的開始退縮閃躲。

班代可一點也沒留情，他恨死李如雪了！或許她生前很可憐，但是不代表她有權這樣任意的戕害人！殺了一堆無辜的女孩只為了食心，還有羽凡……她怎麼可以拿羽凡當擋箭牌！

啊！對！羽凡……班代忽然止住了手，他這樣打李如雪，羽凡會不會受傷呢？

『死胖子！』李如雪見他忽然發愣，隨即以利爪往班代臉頰上揮打，把他擊飛了數公尺遠，直到撞上竹子才落下。

「混帳！」見到好友受傷，阿呆顧不得其他，竟然直接衝向李如雪，把繫在她頸間的佛珠拚命往她嘴裡塞，一邊唸著六字真言！他不信神明不出手，當日在邪廟時神明都來了，這次也該現身吧！

怎麼會讓一隻妖蟲無視於神明的存在呢！

大概阿呆氣勢逼人，李如雪直直被推到了竹屋的廊下庭階前，即使嘴裡塞滿了加持過的佛珠，她還是不為所懼。

咕嚕一聲，阿呆驚愕，望著李如雪把頸上的佛珠自然扯斷，全塞進嘴裡。

再咕嚕一聲，她全吞入腹了。

『換我了嗎？』李如雪笑開了顏，嘴角一路咧到後腦，裡頭的尖牙對準阿呆的頭顱，就要咬下。

業火……這時候如果有業火——阿呆緊閉起雙眼，為什麼火就是出不來！

後頭大喝聲齊聲傳來，瞬間分散了李如雪的注意，阿呆乘機往後退逃，十幾名萬應宮弟子硬著頭皮衝上前，卻同時被隱形的物體彈向後，打進竹林裡！

「結界？」阿呆低咒一聲，這妖蟲竟然設了結界？

「阿呆！」阿呆爸緊張的意欲衝進來，一隻腳才硬踏進來，瞬間鮮血四濺的被驅趕而出！

『好珍貴的親情喔！呵呵呵——』李如雪瞬間來到阿呆的身後，『我的結界誰敢侵入，就會體無完膚喔……嘻嘻……』

阿呆望著摔落在地的父親，整隻腳鮮血如注，不知皮肉被刮去了多少，他忍不住緊握雙拳，鮮血從手臂內滑了下來，匯集到他緊握著的指節上，滴落。

身後的李如雪喜不自勝，即將撕開他的頸項。

阿呆穩住重心，回身畫了個圓弧，將手上的血朝著李如雪灑去，忍無可忍的高喊了聲。

「破！」

李如雪瞬間被近距離的結界向後擊打而去，整個人撞破竹屋摔進客廳內，鏗鏘聲起，煙塵飛揚。

阿呆氣急敗壞的想要往前，但是龐大的壓力竟然自上方而至。

他驀然抬首，李如雪曾幾何時竟然已在屋簷上！面露兇光的直撲而下——阿呆再度仗著絕對沒比人高的身高，靈巧的往旁邊閃躲，只差一寸就要被那利爪劃開！

「阿呆！退後！」

表姊大喝一聲，接著黑髮飄散，只見看似瘦弱的表姊手持一把大關刀，旋身騰空躍起，一刀就直直劈向了李如雪！

第十一章　幸福之路

刀口對準天靈蓋，可惜李如雪反應迅速，頭往右一撇，關刀直直劈進了她的左肩。

關刀上已抹了表姊的鮮血，萬應宮數代以來目前靈力最高的傳人，在身體裡流動的血液就是為了驅魔而生，只要用血斬，沒有任何一個妖魔鬼怪逃得過。

更別說搭上關二爺的大刀，刀刃幾乎沒入李如雪的肩頭，紅色的血開始滲出雪白的衣裳，開出一朵又一朵的紅花。

持刀的表姊全身上下像被刀刮過一般，處處皮開肉綻，那是硬穿過結界的下場，但也唯有表姊有足夠的能力可以突破而不死！

阿呆擔憂表姊，但是卻掩不住心裡的雀躍，終於傷到了李如雪這隻蠱魔，經由血斬，他就不信李如雪還能逃出生天——可是羽凡呢？她會不會也受傷了？

但只要速戰速決，羽凡就能夠自由了！

「羽凡……」阿呆焦急的回首，想去看被符咒保護住的羽凡是否已逐漸脫離控制！

兩個男生急忙的往竹林後跑，距離數步之遙的是乖巧坐在竹篋裡的王羽凡，她一動也不動的坐著，聽見足音便回過身來。

「沒事了！表姊把李如雪解決掉了！」阿呆興奮的撤去竹筐，將王羽凡拉了過來。

「我——」

轉過身的王羽凡，左肩不知何時被開了一個口子，鮮血如注的漫流全身。

「好痛……」王羽凡身子一軟，直接倒下了！

「羽凡！」班代瞠目結舌的看著這一切，被關刀劈到的李如雪，以及在這兒鮮血直流的王羽凡——「她跟李如雪，她們還是相連的！」

「怎麼可以……快！班代！」阿呆嘶吼起來，「去阻止表姊，她不能殺了李如雪！」

班代聞言立即拔腿狂奔而去，阿呆則使勁的攙住比她高大的王羽凡，吃力的往竹屋那兒揹去。

「阿呆……」背上的王羽凡喃喃開口，「我會死掉對不對？」

「住口！不許亂說話！」阿呆的胸腔間滿是怒火，為什麼會這樣！照理說只要除去李如雪就沒事了，為什麼會牽連到羽凡！

這不公平！不公平！

笨重的班代此時跑起來腿力驚人，他到竹屋前時，看見李如雪的結界已四散，而表姊硬生生拔出她肩頭上的關刀，她立即頹軟倒地！阿呆爸立刻上前，要表姊斬下她的頭顱。

「斬去頭顱後立即以火焚燒！一定要讓她剉骨揚灰，才不會再興風作浪！」阿呆爸的手臂血流如注，但卻只專注於這千年難見的魔蠱。

「沒問題！」表姊忿忿的說著，這種魔物，殺她個一百刀她都不會嫌累！

手起刀落，爾後趕至的班代及時爆吼出聲──「住手！」

刀刃在頸子邊霎時停住，表姊回首瞥了他一眼，但是在班代喊出下一句之前，表姊毫不猶豫的斬斷了李如雪的頸子！

「不不──」班代歇斯底里的大吼起來，「她跟羽凡還連結著！羽凡的肩頭也出現刀傷，她們的關係尚未斬斷啊！」

阿呆爸回身衝上前，擋住直直衝過來的班代。

「你別慌！等李如雪徹底死掉，她們之間的關聯就會切斷了！」阿呆爸也低吼出聲，「羽凡多少會受到皮肉傷，我們已經盡量把傷害減到最低了！」

「是嗎？你確定嗎？萬一羽凡因此而死，我絕對不會原諒你們！」班代哭了起來，涕泗縱橫卻怒不可遏！

一把推開阿呆爸，他轉身朝外頭奔去，羽凡千萬不能有事，千萬不能有事──才跑沒幾步，班代就看見揹著王羽凡前來的阿呆，她虛弱的攀著他的頸子，頭……頭還黏在身體上。

班代頓時鬆了一口氣，大概是緊繃到極點忽而放鬆，雙腿一軟竟跌上了地。

「怎麼了？」阿呆氣喘吁吁的走過來。

班代說不出話，疲憊不堪的指向竹屋的庭院。

阿呆再朝裡走了幾步，看見地上身首分家的李如雪，她動也不動的躺在血泊中，望著鮮紅的血灘，阿呆有種奇異的感覺，明明是死而復生的活死人，但是她卻擁有跟活人一樣的紅色鮮血。

「我們要把這裡徹底燒盡，阿呆，需要你呼喚業火。」阿呆爸輕柔的抱過阿呆背上的王羽凡，「羽凡交給我們照顧，幫你表姊設好陣法，用業火燒毀一切。」

王羽凡被阿呆爸抱走，表姊則開始設陣，他們已經把金錢蠱陳屍的竹林燒得一乾二淨，連屍首都挖出燒成灰燼，現下蠱魔已經沒有回去的地方了。

阿呆瞪著頭身分家的李如雪，她真正魂魄正待在學校那兒擔憂，金錢蠱佔據她的身體，現在身體失去作用，但不代表蠱魔已亡。

要是不徹底的解決，假以時日，這隻蠱還是會有機會寄生於他處。

「蠱的本體在哪裡？」阿呆冷冷的瞧著屍首，他看不見鑽出的蠱。

「在體內吧？應該正在設法跑出來。」表姊朝著萬應宮的弟子下令，「把那傢伙的屍體清走，以防有機會寄生！」

她指著攤在另一邊，死得不明不白的李爸爸。

那個深愛自己女兒，用扭曲的愛進行返魂術的父親。阿呆不知道該怎麼評斷這個人，

他只是愛著自己相依為命的女兒罷了

但是，他危害到了羽凡，所以他最好下地獄算了！

「蠟燭！」表姊發號施令，陸續有人送東西進來，她不讓閒雜人等接近，以防蠱魔找機會寄生，所以現下這庭院裡，只有她跟阿呆二人而已。

「你行不行？不行的話我讓大舅進來用借的！」表姊凝望著他，不希望拖泥帶水。

忽然間，阿呆覺得李如雪的手指似乎動了一下。

「表姊。」阿呆擰起眉，真希望是錯覺。「她剛剛動了一下……」

咦？表姊回身，瞪著那具屍首，但是屍體卻全然無動靜。「你太緊張了，返魂之軀被我以血斬首，怎麼可能還……」

『呵呵呵……妳要說怎麼可能還能動嗎？』

高昂的笑聲自地面傳來，阿呆立刻拉過表姊往後退開，而血泊中那顆頭，竟然呵呵的笑了起來。

「怎麼可能！」表姊不可思議的怒斥著，所有萬應宮的人都見證這根本不可能發生的事！

李如雪的身子撐著地板坐了起來，雙手在黏膩的血灘裡搜尋自己的頭顱，好不容易找著了，優雅的捧著頭顱裝回自己的頸子上。

表姊是一刀就斬下她的頭，堪稱平滑的切口讓頭顱連結順利許多，當李如雪把頭跟頸子相連的那一剎那，頸子上那條接合的紅色血痕，轉瞬間消失無蹤。

她扭扭頸子，彷彿那顆頭從未被斬斷過。

『這麼多年來，萬應宮處心積慮要除掉我，我不會找方法存活嗎？』李如雪站了起身，連肩頭的傷口也緩緩的癒合。『掘出我的屍骨、以業火焚燒，現在又想要除去我這個美麗的身體？』

「妳是什麼東西！」表姊氣急敗壞，「妳不可能全然無事！」

『我當然可以！』李如雪微微一笑，抬起手直接指向了阿呆。『因為，我跟她的本命是相連的！』

表姊倏地回首瞪著阿呆，然後發現李如雪指的方向，是阿呆的正後方——那個肩頭上已無任何傷口的王羽凡！

「羽凡？」這兩個字如鉛塊沉重，阿呆幾乎不想說出口！

表姊緊握雙拳，她無法解釋這樣的異變，看了看王羽凡再看向李如雪，她腦海中正努力想著無數種的破解法。

殘酷的事實打擊著阿呆，他剛剛已經從李如雪的話中聽出端倪了。

「妳說，妳跟羽凡的本命是相連的……」阿呆深吸了一口氣，他多希望這不是真的！

「妳藉由羽凡的血肉復活！」

『呵……你果然明白了。』李如雪愉悅且無所畏懼的笑了起來，『簡單來說，只要王羽凡活著的一天，我就不可能滅亡！』

這是逆向的返魂術啊！

大家都認為因為李爸爸施行了返魂術，需要活人的血肉，所以李爸爸痛恨的羽凡成了犧牲品！就像吸血鬼的傳說一般，只要殺死源頭，羽凡身上的詛咒跟異樣就會解除！

結果不然……金錢蠱竟然讓王羽凡成了本命！她真正寄生之處是王羽凡的血肉，並不是李如雪死亡的軀體！

表姊瞪大了眼睛，專注的瞪著王羽凡。

也就是說，除非王羽凡死，否則……這隻金錢蠱將永遠不滅！

所有人都導出了這樣的結論，阿呆直直盯著地上，為什麼事情會變成這樣……為什麼會走到這一步！

『你們應該沒有殺掉一個無辜少女的習慣吧？』李如雪揚起笑容，『尤其是你，阿呆，你要用業火燒掉王羽凡嗎？』

「妳住口！」阿呆忍無可忍，他的壓力到達臨界點，歇斯底里的吼叫起來！

王羽凡聽懂了，她再遲鈍也明白現在大家的難處在哪裡了！

返魂的李如雪不會死，因為她還活著！只要她一直活得好好的，這隻金錢蠱就可以繼續胡作非為！

不——王羽凡緊閉起雙眼，眼淚克制不住的飆了出來，為什麼是她！為什麼要把罪愆推到她身上！

「燒！為什麼不能燒！」王羽凡甩開班代，直直朝前走去。「我就不信沒有辦法制得了妳！阿呆！你就儘管燒！」

「知不知道妳在說什麼啊！」阿呆擋下她的去向，誰叫她一臉要找李如雪幹架似的！

「一定有辦法的！可以燒掉她寄宿的本命！」王羽凡緊握著阿呆的雙手，「我相信你，阿呆！你可以的！」

「對、對啊！這裡這麼多人，一定有辦法的！」班代的聲音在顫抖，他望著阿呆爸，眼底閃爍的懇求。

但是，沒有人答腔。

萬應宮的宮主在此，婆婆們都在，甚至靈力高強如阿呆爸也在此，卻都沒有人回答。

這樣的沉悶讓王羽凡不安，讓班代絕望。

『唯一的辦法：就是妳得死啊，王羽凡。』李如雪高傲的回答了，『而且是剉骨揚灰，連靈魂都不存在的死亡，才能夠徹底的毀掉我。』

所以，這是不可能的事情。

李如雪正打量著眼前一票萬應宮的人馬，她恨死這些人了，阻止她對世人的復仇，利用鮮血八卦陣把它封在竹林裡多少歲月。

感謝那群試膽的學生，雖然他們每一個都成了八卦陣的守護鬼靈，但還是沒有辦法阻止她藉由李如雪軀殼的返魂。

她，要殺光所有萬應宮的人！她要吃掉這幾個靈力高超的人，吃他們的肉、啃他們的骨頭，可以增強她的力量，又可以除掉妨礙者，多完美。

王羽凡全身開始顫抖，她看得出阿呆的神色有多凝重，他凝視著她，眼底盈滿痛苦的悲傷，但是一句安慰的話都說不出來。

以前就算情況再糟，他也不會這樣！

『你們決定了嗎？』李如雪深吸了一口氣，『要不要動手？』

表姊警戒心遂起，因為李如雪的背後升起了紅色的瘴氣，興起了殺機！

『不動手的話，那我先開始嘍！』李如雪雙眼登時轉紅，直瞪向阿呆。『就從你開始吧，靈力最強的小子──』

電光石火間，她的手瞬間無盡伸長，轉為青色的鬼手，直朝阿呆的頸子攻來。

「我喜歡你！」王羽凡忽然大聲對著阿呆喊了出來，「我喜歡你好久了！」

她這輩子想都沒想過，她的告白會是在這種時刻！

餘音未落，王羽凡一個旋身，甚至把阿呆向後推去，硬是擋在他面前，讓那隻手扣住了她的頸子！李如雪啐了聲，但沒有鬆手，將王羽凡給拉回身邊，當成護身符也不錯！

阿呆被她推得踉踉蹌蹌，班代及時衝上前扶住他，兩個人能眼睜睜的看著王羽凡被扣回李如雪身邊，甩進竹屋之內。

「羽凡！」阿呆跳了起來，她在做什麼，她跑進去幹嘛！

他們兩個才剛站穩，一陣狂風不知從何處疾速而至，站在旋風中心的李如雪揚起勝利的笑容，而數不清的斷竹竟騰空飛起，順著旋風圍繞在她的身邊。

「全員注意！」阿呆爸驚呼一聲，「張開結界！」

說時遲那時快，所有竹子順著強勁的風勢朝萬應宮所有人飛射而來，站在最前頭的表姊最先張開偌大的結界，但是李如雪的魔力超群，有許多竹子還是穿透了結界，朝著眾人飛至。

阿呆對於張結界非常不靈巧，他跟班代決定躲進竹林裡，還比張結界保險得多！

果不其然，他們閃進密密麻麻的竹林中，竹刀紛紛因被卡住而落下，他們第一輪沒有受到攻擊；但不是所有人都這麼幸運，有幾個弟子輩被竹子插進心口而亡，而站在最前方的表姊手臂被一枝竹子硬生生穿過，在阿呆爸的解救下向後撤退。

『喘口氣吧，下一輪要開始嘍！』李如雪輕鬆自若的笑著，阿呆巴不得衝上去打她一巴掌！

更多的竹子被她吸引而去，再次利口對外，只是這一次……所有的竹子幾乎都朝著同一個方向。

阿呆的方向。

阿呆爸瞬間領會到這一點，眼神看向站出竹林外的阿呆大喊。「張結界！阿呆！你可以的——」

阿呆全身都動不了！他不行！他的能力沒有那麼強，除了玩水跟火之外，他根本什麼都做不到——

根本沒有讓人遲疑的時間，竹子強勁的朝他飛了過去。

班代在大吼，阿呆爸衝了過去，但是大家都知道，根本來不及。

除非……

竹子在穿過阿呆跟班代的身體前，忽然全部停下動作，緊接著紛紛落上了地，兩個無法動彈的男生從頭到尾都沒移動半步，飛撲上去的阿呆爸也沒來得及擋在阿呆前面。

可是，竹子的攻勢停了，因為李如雪面前站了一個人。

王羽凡站在李如雪的面前，手上緊握著一根竹子，那根竹子由她的腹部往後刺入，瞬間貫穿了兩個人的身體。

疾速向後，王羽凡將李如雪抵上了牆，逼得她吐出一大口血，不可思議的望著眼前的本體。

『王羽凡！妳瘋了嗎！』竟然拿這麼粗的竹子往肚子捅！

「我是本命對吧？我受傷了，就不信妳沒事！」好痛……可是王羽凡還是用雙手握著竹子，用全身的力量壓制住。

阿呆連走都走不穩，卻瘋狂的奔上前，她是在做什麼！為什麼老是要做這種莽撞的事！

「不要拔起來！一定要堵住傷口！」他趕緊出聲大喊，「王羽凡，妳腦子到底在想什麼！」

「我……」王羽凡說著，一陣反胃，她嘔出了一大灘血。「我喜歡你……」

「夠了！現在不是說這個的時候！」阿呆緊張的向後大吼，「叫救護車！」

「不——不要叫！」王羽凡揚聲阻止，「你要是叫救護車，我就跟你斷交！」

阿呆滿臉不可思議的瞪著王羽凡，她到底在做什麼！

「你喜歡我嗎？」她望著阿呆，淚水從眼角滴落。

身後的李如雪試圖推開王羽凡，但是思及萬一王羽凡流血過多身亡，她不就一起遭殃了！

『好痛……羽凡快死了！你們不想她死的話，就快點叫救護車！』李如雪哭了起來，用極度可憐的聲音哀鳴。

咬緊唇，王羽凡將手中的竹子又往內插了幾寸，李如雪慘叫出聲，而自己則因疼痛咬破了唇。

「住手──」阿呆緊張的大吼，王羽凡緩緩睜開雙眼，淚流滿面的望著他，像是要得到答案。

事實上萬應宮根本沒人叫救護車，大家都知道，王羽凡的目的為何。

「我也喜歡妳。」阿呆擠出一個笑容，淚水無法克制的自眼角悄悄滑落。

他也喜歡王羽凡，很久很久以前就喜歡她了。

但是他沒有說，是因為喜歡大家這樣的相處模式，總覺得還有很多時間，有高中、有大學，等大家再大一點，再來談這種情感的事情。

沒有人能料到，有時候人生並不會有太多時間。

王羽凡笑開了顏，她的淚水卻如潰堤般的泉湧而出，可是她笑得好甜美好開心，她就知道、就知道自己不是單戀。

「太好了……」她連酒窩都笑出來了，「我好怕你不喜歡我喔！」

「那我們可以叫救護車了嗎？」班代焦急的上前，他已經拿出手機。

「班代，要減肥，你減肥下來一定很帥。」王羽凡的視線移到身上，她笑得太燦爛，讓班代感受不到她的氣息業已虛弱。

可是李如雪感覺得到，她開始慌張，她開始大喊著要大家快點救王羽凡，因為這樣下去她會死、會死的！

王羽凡用力深呼吸，維持自己的清醒，雙眼清徹的望向阿呆。

「如果你喜歡我，就拜託你殺了我。」她肯定的說著，一如往常的，即使淚水不停的滑下，也不輕易改便初衷。

阿呆望著眼前這個他最喜歡的女孩，她淚眼汪汪的瞧著他，給予最堅定的笑容。

他痛苦的閉上雙眼，攤開雙手，璀璨的橘豔火燄瞬間竄出他的掌心，並且包裹了他兩條手臂，熊熊燃燒。

『不——不！』李如雪慌亂的掙扎，『那是業火！你在開玩笑嗎！阿呆！你要殺的不是我喔！你會把王羽凡的靈魂都徹底消滅的！』

「阿呆！你在做什麼！」班代狂亂的奔上前，試圖阻止阿呆，但是卻瞬間被彈了回來！

曾幾何時，阿呆已經在無形中張開了結界，阻隔了他們，跟每一個萬應宮的人！

「天！」表姊上前檢視著那堵結界，「他甚至不需要打結印就能張開這麼強的結界？」

曾有世外高人說過，阿呆的靈力比她還強，果然不假。

「阿呆！不可以——你不可以燒死羽凡！」班代拚命的撞上，被彈回，他大聲哭喊著阿呆跟羽凡的名字，反覆衝撞……直到再也無力為止。

阿呆聽得見班代的怒吼與吶喊，也聽得見李如雪的警告，他比誰都清楚這業火一旦燒下去，羽凡不會變成像乾媽那樣的守護靈，因為她會連靈魂都不存在。

永遠不會轉世投胎，就算他想等也等不到她。

可是為什麼羽凡還在笑？她的微笑美得讓人心痛，那清明的雙眼瞥了阿呆爸一眼，再轉回阿呆身上，身後的李如雪開始使勁推開她，而她卻費盡全力的抵住。

「我找到了一條，大家都可以幸福的路喔！」她綻開笑顏，定定凝視著阿呆。「殺了我——現在就殺了我！」

直到嚥下最後一口氣前，她都要看著阿呆，就算靈魂已滅，至少最後的最後，她都要看著自己最喜歡的人！

眼淚模糊了阿呆的視線，他想起之前表姊說過，正因為羽凡是人才可怕，因為人們總是會下不了手……所以他承諾保證，他不會後悔。

殺死王羽凡這件事誰都做不到，非做不可的話……一定要由他來做才可以，一定要是他！

李如雪拚死推開了王羽凡，推得她的身子順著竹子而出，就在完全被推出之際，阿呆上前抵住羽凡的雙肩，又把她推了回去！

竹子在傷口來回穿梭，王羽凡痛得緊閉起眼睛，忍不住的尖叫！

阿呆將王羽凡推到底，壓在動彈不得的李如雪身上，業火開始燒上王羽凡的身體、燒上狂亂尖叫的李如雪。

『啊啊——呀——不不——』李如雪淒厲的慘叫聲傳來，『你怎麼會殺掉喜歡的人！不不——』

業火燒灼皮膚不會痛，但靈魂被燒到卻是痛徹心扉，王羽凡瞪大了眼睛，倒抽一口氣後，也難受的喊叫出聲。

不過那叫聲很快的趨緩，因為她突然感覺到不那麼痛了，阿呆正緊緊抱著她，盡最大的力量減輕她的痛苦。

他不知道自己為什麼會有這種力量，但是他就是辦到了。

在結界內的竹屋範圍，業火焚燒了一切，但是完全沒有影響到結界外的任何一樣動植物；竹屋外牆上的三個人被熊熊大火包裹住，李如雪淒慘的叫聲不間斷的傳來，他們可以看見她正極力掙扎，她的皮膚下竄著無數的條蟲，咬破肌膚奔出，是為蟲。

只是它們一竄出肌膚，就被業火瞬間烤為灰燼。

然後兩個女孩的身體開始焦黑，王羽凡仰頭看著阿呆，她突然覺得什麼都不痛了，只覺得好累……好累。

淚水模糊了阿呆的視線，他捧起王羽凡的臉，她竟然還在微笑。

閉上雙眼，淚水被擠了出來，阿呆吻上了他最喜歡最喜歡的女孩。

「我的初吻……」王羽凡笑得陶醉美好，「真是太好了，太……」

轟然一聲，業火急遽席捲了兩具嬌軀，李如雪發出最後一聲哀鳴後，兩個女孩的身體宛似炸開一般，黑灰隨著業火的燃燒四散。

阿呆站在火燄裡，大批黑色的灰燼繞著他轉，彷彿不捨的眷戀。

穿過兩個女孩的竹子在落地前也成了灰燼，整棟竹屋剎那間被燒得連殘影都沒有剩下。

「羽凡——」

阿呆再也無法壓抑的哭了起來，他開始將抑鬱的痛藉由喊叫而出，長嘯聲迴盪在山間，一直到業火倏地全數收盡，而他昏厥倒地為止。

尾聲

血紅的夕陽高掛在山腰間，男孩帶著一束花，移動臃腫的身軀，吃力的爬上山丘。

山丘上遠處有另一個身影，正坐在墓碑前的草地上，像是望著夕陽，或望著墳頭。注意到有人前來，男孩轉過身，站了起來。

班代看著神情憔悴的阿呆，他只是頷個首，先將花放在墓前。

「她喜歡花嗎？」阿呆笑了笑。

「女孩子都喜歡花。」班代瞥了他一眼，「你有空多送她花，她會很開心的。」

「形神俱滅，她又怎麼感受得到？」阿呆冷冷一笑，絕情的話最適合絕情的他。

「既然形神俱滅，你又何必到這裡來看她？」班代也不客氣的回嘴。

阿呆睨了他一眼，不吭聲的別過頭去。

班代只能嘆氣，看著比自己高出許多的阿呆，羽凡的死，改變了太多事。

阿呆在親手殺死羽凡之後，陷入昏迷整整三個月，但是這三個月的昏迷時間中，他長高了，醒來的那天因靈力無法克制，燒掉了萬應宮的一個偏廳。

他甦醒後身高高達一百八十二公分，整個人抽高不說，連靈力也變得上乘。

表姊說，他覺醒了。

早在殺掉羽凡那天就已經覺醒而不自知，但因為親手殺死她的打擊太大，導致他昏迷不醒，可是靈力卻持續的泉湧而出。

所以他如願以償長高了，所以他擁有了連表姊都自嘆弗如的能力。

但是如果這一切的前提是建立在殺死羽凡上，他知道阿呆寧願不要有這樣的力量，寧願一輩子都是矮冬瓜。

阿呆爸只說，凡事冥冥之中自有定數，這是羽凡的劫，是阿呆的命。

「我聽說你要搬走了。」良久，阿呆才冒出這麼一句話。

「嗯，我今天就要走了。」班代沉穩的回著，「我爸公司調職，我也考上了台北的大學。」

自從羽凡死後，他們就沒有直接聯繫過，整整一年沒這樣說話了。

班代知道這不是阿呆的錯，但是對於他讓羽凡剉骨揚灰，一開始無法接受；阿呆也辦了休學，徹底斷絕對外的聯繫，對於彼此的狀況，都是透過萬應宮的人交流。

這樣一年流轉，阿呆還在高二休學中，而班代已考上了大學。至於鮮血八卦陣的鬼靈們一一被超渡，因為金錢邪蠱已不存在，他們的守護工作業已告一段落。

「恭喜。」阿呆說了句言不由衷的話。

「嗯，謝謝。」班代瞥了他一眼，「你呢？打算繼續這樣下去嗎？」

阿呆深吸口氣，「那也沒什麼不好。」

「很不好。至少我相信羽凡不會希望你變這樣！」班代義正詞嚴的說著，「就算她連靈魂都不在，我還是寧願相信有一絲絲奇蹟，她說不定其實看得見我們！」

「奇蹟？」阿呆冷哼一聲，旋即狂笑起來。「奇蹟！哈哈！要有奇蹟就要在一年前，我殺死她之前發生！」

班代忍無可忍，握緊飽拳，一拳往阿呆的臉上不客氣的打下去。

雖然阿呆現在高出他許多，但他已經在練跆拳道了，形勢不輸人！

阿呆果然一拳被打倒在地，他氣憤的瞪向班代，兩個男生旋即在王羽凡的墓前大打出手，誰也不讓誰，每一拳都使盡力氣的打！

直到兩個男孩都鼻青臉腫，動彈不得，雙雙躺在草地上時，才宣告休兵。

「你……什麼時候變得那麼會打架了？」阿呆氣喘吁吁，疼死人了！「而且好像變瘦了。」

「羽凡要我減肥的，所以我學跆拳道已經一年了。」班代用一種自豪的語氣說著。

「……是嗎？」阿呆撐起身子，勉強坐了起來。「她希望你減肥啊……」

望向冰冷的墓碑，陰陽眼如他，現今隨意可看見妖魔鬼怪、神祇地精，但就是再也見不到這墓裡有一絲一毫的魂魄存在。

「她不會希望看見你這樣子。」肥掌搭上他的肩頭，語重心長。

晚風拂面，滑出的淚水很快就被吹乾，阿呆拚命的深呼吸，試圖壓下淚水，卻只是越流越多。

「如果時光倒流，我還是會殺了她！」阿呆望著自己的雙手，「因為那是一條——除了我跟她之外，大家都會幸福的路！」

那他呢？羽凡有沒有想過，她幸福嗎？還有他，他也會幸福嗎？

「那是羽凡的選擇，再一次她還是會要你殺掉她！因為這樣可以救很多人，我知道羽凡會覺得那是一件很幸福的事！」班代也哽咽出聲，「而你……你要幸福給她看啊……她選的是每個人都能幸福的路，你、你一定要成為一個幸福的人，讓她、讓她安息……」

終究泣不成聲，兩個男孩都說不下去，夕陽斜照在他們的淚臉上頭，風聲似哭聲，幽幽的傳遞著終年不止的悲傷。

然後他們站起，慎重的站在了王羽凡的墓前。

「我會復學，重新念高三，然後認真的修行。」像是許著承諾似的，阿呆慎重其事的對著墳頭說。「因為妳，我恨死人類了，但是我知道妳希望我幫助人，我會在萬應宮繼續幫助普羅大眾——試膽的人我會慎重考慮！」

冷仔那群死高中生，一個試膽差點害死幾十萬人，最後還牽連到羽凡，雖然他們已被超渡，但他這輩子都不會原諒他們！不會原諒喜歡夜遊、試膽而捅出樓子的人！

「我會減肥，減得很瘦很瘦後再來給妳看；我也會修行，雖然我沒什麼靈力，可是我還是會認真，以防哪天遇上了，可以自保也可以幫助人。」班代也對著王羽凡承諾，「所以妳不要擔心，我們都會很好的。」

阿呆趨前，珍惜的摸了摸石碑。

「在我變得更好之前，我就暫時不來看妳了。」

他最終拍拍墓碑，跟班代交換神色，兩個人相視而笑後，不約而同的對著墓碑露出笑容。

「再見！」

兩個男孩異口同聲，在夕陽西下後，離開了那山丘上唯一的墳。

那是萬應宮買下來的地，因為風景很好，附近環境雅致，他們埋了一個衣冠塚，棺木裡是王羽凡的高中制服，那是沒有屍首也沒有靈魂的空墓。

但是，她卻會長存在大家的記憶之中。

下了山，班代爸爸的車子已在那兒等他，他們就要前往台北了，班代是特地到這兒看羽凡跟阿呆最後一面的；雖然班代爸爸的工作跟考取大學是搬家主因，但是阿呆明白，班代試圖離開這個充滿悲傷的地方，這個留有遺憾的青春。

「再見了。」阿呆張開雙臂，兩個大男生用力互擁。

「還是好朋友？」班代忍著淚，卻嗚咽其聲。

「永遠的！」阿呆用力抱著他，依依不捨。

天下沒有不散的筵席，只是羽凡早了點，然後是班代，即使心懷感傷，但每個人還是有每個人要前往的道路。

班代坐上車，轎車緩緩的駛離了。

他轉身從車後的擋風玻璃望著阿呆，直到看不見阿呆為止，淚水已淹沒了視線。

這三年來，他過得很快樂，有阿呆跟羽凡的日子，比任何時刻都充實；他們歷經了喜怒哀樂、也嚐盡了生死危難、看盡了人性醜惡，他將比常人更加沉靜，但卻也無法對人敞開心胸。

「一立，你看！」媽媽突然驚訝的喊了聲，往窗外比去。

班代回過身子往車前看去，昏暗的天空中竟飄滿了豔紅的火燄，宛若鬼火一般，一簇簇綻放。

莫一立揚起微笑，他知道那是好友的送別。

專屬於他，業火的送別。

番外・故墳

「啊啊啊……救救我啊！」少婦拎著瘋狂的雙眼望著眼前男子，她趴跪在地上，像隻動物般刨著地。

披頭散髮、狂亂的語無倫次，好不容易才抓到機會說出正常的語言。

這是最近相當棘手的案例，這附近有東西在作祟，導致動物靈上身的案子不斷，已經有好幾人發瘋並出意外身亡，這是第三個。

男子往遠處瞧去，這兒果然有東西。

「唔……」下一秒，那少婦又變得面目猙獰，朝著他呲牙裂嘴。

男子眼裡沒有她，只管頭一撇，往後山那兒走去；被附身的少婦低吼一聲，雙腳一蹬，直直衝向了男子的後方。

男子停下腳步，右手舉起，以食指畫了個圓弧。

撲來的少婦登時撞上透明結界，猛然往後飛去，撞上了一棵高齡八十的榕樹。

「封印。」男子回首交代，「先制住她的行動。」

「是。」弟子得令，趕緊上前處理。

男子逕自走向陰氣聚集之方位，越走他眉頭越蹙越緊，腳步越來越急。

這小徑他認得，這是捷徑，走上去右拐，瞧這雜草叢生，有好一陣子沒人踏足了，再往上走有個陡坡，三步併作兩步衝上去，就是長數十階的台階，然後便得一寬廣平台。

平台上是一片寬大草原，中間有座衣冠塚。

而沖天的陰氣就來自草原上的一個方位，從地底下竄出來，蠢蠢欲動。

「竟然敢在這裡作孽？」男子雙手緊握飽拳，橫眉豎目的疾步向前。

還沒靠近，地底下的東西像是感應到什麼威脅似的，猛然竄出，以妖魅之姿瞪視著男子。

牠高約五層樓，龐大猙獰，全身以黑氣組合而成，雙目如炬，燃燒著青色火光。

是狗靈。

「有人把你殺了埋在這裡嗎？」男子問著巨大的狗靈，意圖往前察看，狗靈卻俯頸張口咬下。

男子左手一揮，輕而易舉的擋掉狗靈的大嘴，牠像被人揮打一巴掌似的往旁撇去，嗷嗚一聲。

「散！」男子對著曾被挖開過的土壤大喝一聲，土壤瞬間向四周飛散，裡頭有副小小的骨骸。

他皺起眉頭，抬首看向狗靈，牠正低鳴咆哮，巨大的身體尾巴打斷了周遭的小樹。

「選在這地方成妖是你該死。」男子忿忿的瞪著牠，「不過冤有頭債有主，你應該不是自願的。」

狗哪能有多大的怨氣？男子上前一步，朝著狗靈伸長了手——口中喃喃數個字，一股思想瞬間自狗靈灌進他的腦海當中。

畫面是黑白的，出現的是一個男子的笑臉，總是照顧著牠、與牠玩樂，而後是醫院的病床、葬禮、聚在一起吵架的家人，然後是這處平台的景色；狗兒的視線比平常更低，牠被埋在土裡動彈不得，只留一個頭在外頭，叫破嗓子也沒人應理，就在快餓死之際——有人來了。

那個男人送來食物，狗兒興奮的狂吠，伸長了頸子要吃東西時，一片血色染紅了視線。

「犬神？」男子睜眼，勃然大怒。「是哪個傢伙拿日本的東西來玩？」

各國有各國的文化民情，不管鬼神或是人皆有不同！拿台灣狗仿日本犬神的方式製造，南橘北枳，埋在台灣的土地上，生成的東西當然不同！

那個男子是為了家產吧？看他們爭家產爭得面紅耳赤，他才想把自小寶貝的狗做成犬神去殺害親戚，殊不知這隻狗沒成為犬神，反而因為主人的扭曲心態成了妖，等待主人來臨。

那些被附身的人在出事之前，都曾收留過一隻白色的流浪狗，接著便下落不明！這隻等待主人的狗兒在夜晚化出狗身，期待主人的疼愛，等這些愛狗人士接受後，牠便以原形展露，進而嚇傻了收養的人們，當人們嚇得竄逃時，狗兒以為再度被拋棄。

狗的忠心叫人佩服與難解，但不代表牠們沒有心、不代表牠們不會受到傷害。無法承受被遺棄的痛，狗選擇附在人類身上，卻不知無法共存，兩個靈魂的拉鋸之下，再加上不適應人類身體，導致被附身的人們一一死亡。

「你在找主子是嗎？我助你一臂之力吧！」男子雙眼冷然的望著地面，手指貼上地穴邊的土地。「地精，是誰來埋屍的？」

一陣狂風吹過，捲起草地上所有枯枝落葉，瞬間聚集在男子面前，成了一個模模糊糊的人形。

「帶牠去。」男子對著風下令。

餘音未落，風像枝箭矢般往西南方飛去，那巨大的狗靈嗚汪一聲，跟著風沒入了夜色，興奮的追上前去。

男子臉色鐵青的瞪著眼前的地穴跟裡頭的狗屍，得趕緊把這些處理掉。

「宮主！宮主……」幾名弟子衝上來，卻見此處已無妖氣。「那個女人沒事了……」

「這裡埋有一具狗屍，快點把牠清出來！」他轉身下令，顯得有點急躁。

返魂

「是！」弟子左顧右盼，「請問……作祟的東西呢？」

「去找源頭了，明天早上我們再去處理。」

「嗄？明天早上？會不會來不及……」

「無所謂！」男子走向平台中間的墓，「竟敢糟蹋這個地方，死一百遍都不足惜。」

他以手拂去墓前的塵土落葉，碑上刻著鮮明的三個字：「王羽凡。」

弟子們均知這裡對宮主的重要性，不敢再多說，趕緊退離。

「離開了這麼多年，很久沒來看妳了，上一次見面是什麼時候呢？」他微微一笑，逕自對著墳墓說起話來。「十八歲吧……十年了，時間過得真快。」

風呼呼的吹過，像是回應。

「我早就回來了，一直沒勇氣上來看妳，因為覺得自己還不夠好。」他邊說，邊把墓碑上的灰塵一一撥去。「沒想到竟然有人敢在這兒造次！」

他想當那主人瞧見狗靈，鐵定嚇得魂飛魄散，明天一早怕是也差不多了，他不如想個法子，讓他們主從倆一輩子都綁在一個身體裡吧！一來順了狗兒的願，二來也能懲罰濫殺狗兒的爛咖，一舉兩得。

他不隨便施以同情，照著自己的是非黑白來做，過去婆婆們跟萬應宮的前輩多有微詞；但現在他是宮主，以倫理來說，他最大。

弟子再次上山，迅速清走狗屍，另兩名機靈的弟子先把一份水酒連同香送上來，讓宮主祭拜墳裡的主人。

「我聽說妳的墳上寸草不生，萬應宮撒了各類種子都沒有用。」他拿著香，連比劃都不必，火苗立即燒上，點燃。「我想是靈魂不在的關係，這裡是個毫無靈氣的地方，連植物也無法生長。」

男子朝著墳墓拜了三拜，將香插進香爐，莞爾一笑。

「所以我在自言自語，我知道，面對妳，我們誰都只能自言自語。」

沒有靈魂的存在，為了大局剉骨揚灰的女孩。

她不會到天堂、也不會到地獄，更不會喝下孟婆湯，成為數年後在大路上瞧見的小女孩。

沒有任何未來的可能性，而且還是他親自下的手。

「拿什麼水酒……嘖！知道妳愛喝什麼，下次帶來給妳喝。」他猶豫般的凝視著墳墓，天色漆黑，空中忽然浮著一簇簇橘豔的火燄，為他照明。

「我覺得這件事妳得第一個知道。」他沉默了數秒，「我心裡有人了。」

風聲靜了下來，彷彿一種沉默與驚訝。

「我把妳的位子保留了十年，我想讓點空間給別人應該沒關係吧？我自己也不是很清楚，但是我在意她的感覺，跟高中時在意妳一樣。」他嘆口氣，又搖了搖頭。「明知道妳聽不見，我還是想第一個說給妳聽。」

他終於站起身，拍拍身上的灰塵，定定的凝望著整座墳頭。

「我已經不會再等待奇蹟發生了。」他拍拍碑頂，「明天再來看妳。」

掛著微笑，男子露出舒暢的神情，意外的重新踏上這塊平台，他突然能夠坦然的面對自己、面對過去。

這是一條嶄新的道路，一條至少讓他開始覺得會幸福的路。

他知道，羽凡不會介意的。

※　※　※

風在山頂上颳著，衣冠塚迎接著晨曦朝陽，當陽光照射在墳頭的那一瞬間，墳上的土微微鬆動了。

那只是一小角，微小的土塊崩落，從裡頭忽地伸展出一株鮮綠色小芽。

稚嫩並充滿生命力的嫩芽，待專家鑑定過後，確定那是株果樹。

水蜜桃。

後記

上次重新出版漏了二〇一〇年版的番外，這次補上。

編輯問我要不要寫個新的番外，其實因為去年《化劫》上映的關係，我把《禁忌》系列的稿子都順過一次，看完《返魂》後，我也問過自己一樣的問題：然後呢？

哪有什麼然後。

羽凡的故事就在那場大火裡結束了，她找到了她覺得幸福的路。

阿呆的故事也在後來的《異遊鬼簿》系列結束了，他找到了新的幸福之路。

班代也在《異遊鬼簿》第一部裡尋得了他不可多得的幸福。

甚至阿蓮，不管她的人生曾扛過多大的重擔，誰也不能對她的選擇置喙。

所以沒有然後了！因此不會再有新的番外。

只會有迎著朝陽的小小水蜜桃，用旺盛的生命，俯瞰著世世代代。

最後，感謝購買本書的您，購書才是對作者最實質且直接的支持，沒有您們的購書，作者便無法繼續書寫，萬分感謝、銘感五內！謝謝！

笭菁

返魂

RETURN FROM THE GRAVE

國家圖書館出版品預行編目資料

禁忌：返魂 / 等菁作. -- 二版. --臺北市：
春天出版國際, 2024.07
面； 公分
ISBN 978-957-741-876-0 (平裝)

863.57 113007134

ISBN 978-957-741-876-0
Printed in Taiwan

作者	等菁
總編輯	莊宜勳
主編	鍾靈
編輯	黃郁潔
出版者	春天出版國際文化有限公司
地址	台北市忠孝東路四段303號4樓之1
電話	02-7733-4070
傳真	02-7733-4069
E-mail	frank.spring@msa.hinet.net
網址	http://www.bookspring.com.tw
部落格	http://blog.pixnet.net/bookspring
郵政帳號	19705538
戶名	春天出版國際文化有限公司
法律顧問	蕭顯忠律師事務所
出版日期	二〇二四年七月二版
定價	280元
總經銷	楨德圖書事業有限公司
地址	新北市新店區中興路二段196號8樓
電話	02-8919-3186
傳真	02-8914-5524